# À mort l'innocent !

Arthur TENOR

Junior

À Nathalie,
qui comme moi, ne supporte pas
qu'on condamne avant de savoir.

# PROLOGUE

L'homme que je vais évoquer dans ces pages est mort aujourd'hui, je veux dire tout à l'heure. Cette disparition ne m'a pas simplement peiné, elle m'a saisi comme si la main glacée de la faucheuse s'était enfoncée dans ma poitrine pour m'en arracher le cœur. Depuis, des flots de souvenirs remontent à ma conscience : des visions douces et d'autres d'une effroyable violence, des rires d'enfants, des cris d'indignation… et la morsure cruelle de la honte. C'est comme un tourbillon d'automne, emportant dans une danse macabre les images d'une tragédie. Je me sais pourtant capable de la reconstituer, tel un paysage de montagne dont je connaîtrais chaque pic, chaque faille, chaque aspérité.

Après l'hôpital, je suis rentré directement chez moi. Ne pouvant ni travailler ni me détendre tant ma confusion était grande, et pour éviter de tourner en rond en ruminant de vieilles rancunes, j'ai choisi de m'attaquer à ce puzzle disloqué de mes souvenirs.

Alors que je venais de m'asseoir à mon bureau et de poser une feuille blanche sous mes yeux, je me suis demandé à quoi allait servir ce récit. J'ai songé qu'avec la mort de Gabriel Orthis se refermait pour toujours le dossier d'une affaire qui mériterait de figurer dans le grand livre des indignités humaines. Puis soudain, j'éprouvai comme un devoir de mémoire à accomplir, pour que chacun ait un jour envie de dire : « plus jamais ça ! » Et je me suis mis à la tâche...

*Chapitre I*

# LE SCANDALE

Le premier souvenir qui me vient est un visage radieux, celui de Gabriel Orthis le jour de la rentrée. C'était en 1965. Il avait été nommé à Saint-Clémentel au poste d'instituteur de 7ème. Il nous arrivait de la région toulousaine avec un accent qui le rendait encore plus chaleureux. Alors que nous étions tous impatients et anxieux de découvrir notre nouveau maître, il fut évident au premier regard qu'une année avec lui serait un pur bonheur. Il faut dire que le précédent, une vraie peau de vache nommée Mattéo, avait eu la bonne idée de partir en retraite. Une fois le rang formé, nous dévorâmes des yeux ce grand inconnu aux mouvements souples, essayant de deviner ses petits travers, son degré d'autorité et, pour les plus turbulents d'entre nous, les tics qu'ils pourraient singer. Il n'en avait qu'un, son sourire constant d'homme heureux.

Je me souviens encore assez bien de ses premières paroles, quand il se présenta à notre classe en ce tout début d'année.

– Je m'appelle Gabriel Orthis et je viens de Toulouse. J'ai trente-cinq ans et pour les curieux, sachez que je suis célibataire, que j'adore faire du vélo, jouer aux échecs et lire des livres pour enfants...

Il était mince et élancé, avait des yeux bleu clair toujours rieurs, si bien que même triste on aurait dit qu'il était content. Le peu de cheveux qui lui restait, malgré son jeune âge, était lissé en arrière. L'image de ses mains aux doigts fins, dont l'un portait étrangement une alliance, m'est restée nettement, sans doute parce qu'elles contrastaient avec les battoirs à linge du vieux Mattéo, dont ma figure avait eu deux ou trois fois l'occasion de mesurer la puissance de frappe.

– Une année scolaire, poursuivit Mr Orthis, ça peut être très long si on s'ennuie, ou très court si on apprend plein de choses en s'amusant, et qu'on découvre les richesses et les mystères du monde en travaillant. Ce que je vous propose, vous vous en doutez, ce n'est pas de passer cette année scolaire ensemble en s'ennuyant. D'ailleurs, vous remarquerez que je n'ai pas de blouse grise. J'ajoute que j'ai jeté à la poubelle le bonnet d'âne que gardait mon prédécesseur dans son bureau et que la règle, dont il se servait pour châtier les élèves, ne me servira qu'à tracer des traits droits.

Il y eut quelques rires étouffés. Nous étions timides. Déjà conquis. À la récréation, les commentaires allèrent bon train, assortis de tous les superlatifs dont disposait notre vocabulaire d'écoliers. Il n'y avait que le fils Boutté pour émettre des remarques déplaisantes, comme à son habitude :

– Mouais. Moi, je le trouve quand même un peu bizarre.

Il n'avait pas tout à fait tort, mais dans sa bouche cela sonnait comme une insulte. En vérité, Mr Orthis avait des manières un peu précieuses que nous ne pouvions pas interpréter, et qui de toute façon n'avaient rien de ridicule. La seule chose que moi je voyais, c'est qu'il déployait beaucoup d'ingéniosité pédagogique pour nous distraire tout en enfonçant subtilement dans nos caboches, parfois sacrément dures, les tables de multiplications et les règles d'orthographe. Je ne saurais dire si ses pratiques étaient plus efficaces que celles de Mr Mattéo qui croyait surtout aux vertus du « coup de pied au cul », mais au moins avaient-elles le mérite de nous faire venir à l'école avec plaisir. Du côté des adultes en revanche, au mieux elles surprenaient, mais le plus souvent elles choquaient. « On n'a jamais vu ça ! », pouvait-on entendre se chuchoter entre parents. « Il va transformer nos gosses en propres à rien », « Rendez-vous compte, il fait apprendre les récitations en jouant de la guitare ! » Il y eut donc un peu de remous et de bavardages les premières semaines, puis on finit par s'habituer... sauf à une chose : la rumeur selon laquelle notre maître préférait les hommes aux femmes. Voilà qui franchissait les limites de l'admissible pour des esprits formatés par une éducation manichéenne. Pourtant, cet homme scandaleux était passé par l'école Normale d'instituteurs. Cela dépassait l'entendement des gens les plus normaux, à commencer par la famille du garagiste Boutté. C'est d'ailleurs tout naturellement par elle que le scandale arriva.

Nous étions en janvier, je crois. Mr Orthis était devenu plus que notre maître, notre idole. Autant dire qu'il ne fallait pas y toucher. Quand Mathias Boutté attaqua, je fus le premier à réagir. Un matin, à la récréation, il se joignit au groupe que nous formions, mes trois meilleurs copains et moi. Nous étions en pleine séance d'échange de vignettes de footballeurs.

– Vous savez quoi ? commença-t-il, il paraît que le maître c'est un pédé !

Nous l'avons dévisagé, incrédules.

– Un pédé, n'importe quoi ! répliquai-je avec un haussement d'épaules.

En vérité, nous ne savions pas précisément ce que signifiait ce terme, sinon qu'il était une insulte souvent échangée entre automobilistes grincheux.
– C'est mon père qui me l'a dit, insista Mathias.
– Et puis d'abord, tu sais même pas ce que c'est ! s'écria l'un de mes copains.
– Si je sais, c'est vous qui savez pas !
– Alors c'est quoi ?
– Vous n'avez qu'à le demander au maître ! répliqua-t-il, lâchement.
– Fais-le, toi. Je suis sûr que t'es pas cap, ai-je lancé bêtement.
– Chiche ! a-t-il rétorqué avec un regard mauvais.

Puis nous l'avons traité de menteur, de minus et de crétinus. Une dispute s'en est suivie ; la routine dans une cour d'école. De retour en classe, l'affaire était oubliée, pour moi en tout cas, même si le problème de vocabulaire demeurait. Mais jamais je n'aurais osé le soumettre à Mr Orthis. Mathias Boutté n'avait pas les mêmes scrupules.
– Maître, j'ai une question. Qu'est-ce que c'est un pédé ?

J'ai vu notre instituteur devenir livide. Interloqué, il mit un petit moment à réagir.
– Pourquoi demandes-tu ça ?
– Comme ça. Les autres, ils ne savent pas, alors je demande pour eux.

Le maître se rassit à son bureau et prit quelques secondes de réflexion avant finalement d'esquiver :

– Ce n'est pas à moi à répondre à ce genre de question. Mais sachez qu'il ne faut jamais l'employer, parce que c'est comme un gros mot.

Il a sans doute eu tort de laisser planer le mystère car du coup, cela devint un sujet de conversation qui fit le tour de l'école et nous amena aux plus folles élucubrations. Heureusement, si je puis dire, l'énigme fut résolue dès le lendemain matin par ceux qui avaient eu le cran d'interroger leurs parents. Mais les versions divergeaient suivant les sources. Pour certains, « un pédé, c'est un malade mental qu'il faudrait enfermer dans une maison close ». D'autres parlaient « d'une erreur d'aiguillage de la nature » ou bien « d'obsédés de la bistouquette ». D'autres encore s'emportaient, car il s'agissait « d'un scandale répugnant qu'il fallait réprimer avec la plus grande sévérité ». Plus rarement (pour un seul, en fait), la réponse fut : « Chacun fait ce qu'il veut et vive la liberté ! » Ainsi avions-nous globalement enregistré qu'être pédé n'était pas une qualité avouable et même, à en croire les plus « savants », que ceux qui en étaient, n'étaient pas des hommes, mais des créatures malsaines, nuisibles à la société. Dans ce contexte, le maître ne risquait par d'évoquer le sujet avec nous. Donc, il n'en parla pas. Mais nombreux furent ceux qui s'en chargèrent pour lui ! Longtemps ce fut un de nos thèmes de discussion préférés, dans l'école comme en dehors, pour nous comme pour nos parents. Je suis d'ailleurs convaincu qu'il s'est trouvé certaines honnêtes gens pour écrire à l'Inspection de l'Education Nationale, afin qu'on éloigne « le pervers Orthis » de leurs enfants. Les Boutté marchaient en tête et leur fils, en digne représentant de cette inquisition sociale, ne manquait jamais une occasion de cracher du fiel sur les mœurs prétendument dépravées de notre maître. Celui-ci ne comprenait pas ce qu'il lui arrivait, ou peut-être trop bien, et faisait le gros dos en attendant que les hyènes trouvent une autre victime après laquelle hurler.

Jusqu'aux vacances de Pâques, l'ambiance s'alourdit singulièrement dans l'école. Parmi les enseignants, il devint évident que s'étaient établies des tensions entre les pro et les anti. Mr Orthis quant à lui conservait un silence digne, mais ses yeux parlaient pour lui. Il avait perdu l'enthousiasme des premiers mois et je me souviens que pour la première fois, il donna une punition à l'un de ses élèves. Pour comble, ce fut à moi, son plus ardent défenseur.

Après Pâques, tout sembla rentrer dans l'ordre et les mauvaises langues dans leur bouche. Mais il y eut le drame…

*Chapitre 2*

# LE DRAME

Cela arriva un samedi de mai. La matinée de classe s'était déroulée normalement, c'est-à-dire agréablement avec chant et poésie, juste ce qu'il fallait de calcul mental et un zeste de page d'écriture. Parfait pour se préparer à un week-end qui s'annonçait doux et ensoleillé. À midi, le maître nous accompagna jusqu'à la grille, comme toujours, mais ne s'y attarda pas contrairement à son habitude, sans doute parce que lui aussi aurait un congé hebdomadaire chargé d'activités. Nous savions qu'il vivait seul dans une petite maison isolée en lisière de forêt. Peut-être pour une fois allait-il recevoir des amis, me demandai-je avec espoir, en le regardant s'éloigner dans la cour, mains dans les poches. Car j'avais la sensation pénible qu'il n'était plus heureux et que c'était à cause de nous et de cette sale rumeur.

L'après-midi passa joyeusement, puisque l'enfance est faite d'insouciance. Mais le soir, à l'heure du dîner, nous reçûmes un appel téléphonique inquiétant. C'est ma mère qui décrocha (le poste était dans la salle à manger).

– Allô ? Oui, bonjour madame Maréchal...

Je réagis à ce nom, car il s'agissait de la mère d'un camarade de classe, un bon copain avec lequel j'allais de temps en temps à la pêche.

– Une minute, je lui demande... Rémy, est-ce que tu as vu Dominique cet après-midi ?

– Non, répondis-je inquiet. Il devait nous retrouver chez Martinaud pour jouer, mais il n'est pas venu.

Ma mère transmit l'information, puis raccrocha. En reprenant sa place à la table familiale, elle avait l'air préoccupé.

– Le fils Maréchal n'est pas rentré chez lui, nous informa-t-elle. C'est bizarre.

– Oh boh, émit mon père en haussant les épaules.

Il avait une tendance à toujours minimiser les choses, ce qui était horripilant. Tout en lampant notre soupe, nous pensions tous les trois à un accident, car Dominique avait la réputation, justifiée, d'être un vrai casse-cou.

Le lendemain, en revenant de la boulangerie, mon père nous annonça qu'on n'avait toujours aucune nouvelle du jeune disparu. Les gendarmes étaient sur le coup tandis que des gens du bourg, amis de la famille, faisaient le tour des maisons pour recruter des volontaires afin de constituer une brigade de recherches. Tout le monde répondit présent, évidemment, de sept à soixante-dix-sept ans. Rassemblement sur la Grand-place. Tandis que le maire donnait ses instructions, je remarquai que notre instituteur n'était pas là. J'interrogeais mon père à ce propos.

– Je pense que personne n'a eu l'idée de le prévenir, m'expliqua-t-il.

– Ah ? Pourquoi ?

Il n'y eut pas de réponse claire, mais il me semble qu'il justifia l'oubli ainsi : c'était parce qu'il n'était pas du pays et qu'on n'avait pas besoin d'étranger pour résoudre nos problèmes. Cela m'étonna, mais je ne savais pas encore formuler mes indignations. Heureusement, il se trouva quand même quelqu'un pour passer un coup de fil à Mr Orthis qui accourut aussitôt. Du bout des lèvres, on lui affecta un groupe, puis la population se dispersa pour le ratissage.

Les recherches dans les bois, les champs et le long de la rivière ne donnèrent rien. Et comme il était midi, chacun rentra chez soi avec le pénible sentiment que le petit Maréchal avait été enlevé. Il fallait maintenant attendre que les plongeurs de la gendarmerie sondent les étangs alentour ainsi que la Garche, ce cours d'eau qui traversait la commune après avoir serpenté à travers les Bois Noirs, un massif de monts forestiers peu élevés. L'hypothèse qu'on se trouvait en présence d'un kidnapping se transforma bien vite en conviction. Dans la foulée, on s'interrogea : qui était le ravisseur ? Un sadique évidement. Mais des sadiques, dans la petite communauté de 1232 âmes que nous formions, en comptant les hameaux et les fermes environnantes, personne n'en connaissait ! Or, il y en avait forcément un quelque part, qui se cachait sous les traits d'un type normal, peut-être même sympathique, hors de tout soupçon… C'est alors que le nom de notre instituteur se mit à circuler. Dans les deux bistrots du bourg, d'un pas de porte à un autre, de bouche à oreille, on le colporta sans se préoccuper une seule seconde des conséquences.

Mr Orthis s'en rendit compte assez vite, sans doute aux regards lourds qu'on lui adressait alors qu'il venait aux nouvelles au bar des Sports, ou bien aux visages qui se détournaient sur son passage. De retour chez lui, au soir de cette triste journée, il eut le réflexe inhabituel de verrouiller sa porte d'entrée. Il alluma la radio, davantage pour étouffer le silence que pour profiter des derniers tubes yéyés. Puis, l'estomac noué, il s'installa dans son fauteuil pour lire. Dominique était mort, il en était convaincu.

Le lendemain, l'armée vint prêter main-forte à la gendarmerie pour ratisser le secteur sur un périmètre beaucoup plus large que la veille. C'est en fin de matinée que le corps de Dominique fut découvert dans un bois des environs. Il avait été jeté derrière un épais fourré, puis sommairement recouvert de feuilles et de branchages. Personne ne connaissait encore les circonstances du drame, mais tout le monde déduisit très vite qu'il avait été assassiné à coups de pierre ou peut-être de gourdin sur le crâne. L'un des gendarmes de la brigade du bourg avait entr'aperçu le corps avant qu'il ne soit emporté. Il avait révélé que l'enfant portait une contusion violette à la tempe et que sa chemise avait été en partie arrachée, comme si, voulant s'échapper, la malheureuse victime avait été agrippée et à moitié dénudée. Dès lors, l'inquiétude se mua en rage populaire. Il fallait attraper le salaud qui avait fait ça et le lapider en place publique. Certains proposèrent même à voix basse de le coincer avant la police pour faire justice soi-même, car sinon : « Y'l'emmèneront en prison où il passera quelques années aux frais de la société, et quand il ressortira, y'sera prêt à recommencer ! » Le contexte n'était pas propice à la modération, car tous avaient en tête l'affaire Lucien Léger qui avait enlevé puis étranglé un garçon de onze ans. Son procès avait eu lieu quelques semaines plus tôt, à l'issue duquel il avait été condamné à la réclusion criminelle à perpétuité.

Avec ma conscience d'enfant, j'étais comme tout le monde, horrifié, bouleversé et prêt à jeter la première pierre. Mais à aucun moment ne m'est venue l'idée que le monstre pût être mon instituteur. Et pourtant, bientôt j'y croirais.

*Chapitre 3*

# LES SOUPÇONS SE PRÉCISENT

Le lendemain lundi, la rentrée de l'école fut un moment affreusement douloureux, pour tous. Les parents étaient plus nombreux que d'habitude pour accompagner leurs enfants. Chacun s'efforçait de porter le masque du deuil et quelques élèves pleuraient. Je m'étais promis de rester digne, alors que j'étais certainement un des plus proches copains de Dominique et de ce fait particulièrement touché. J'ai finalement craqué en franchissant le seuil de notre classe, parce que mon regard tomba trop brutalement sur le pupitre du disparu. Mr Orthis ne savait que dire en pareille circonstance et il nous l'avoua, avec sa simplicité et sa douceur naturelles. Puis il proposa que chacun rédige un message d'adieu à Dominique, avec un dessin, que nous irions déposer tous ensemble le jour de l'enterrement. Ensuite, tant bien que mal, le cours normal de la vie scolaire reprit. C'est à la sortie de midi que les choses se gâtèrent.

Alors que nous franchissions le portillon de l'école, certains pour retrouver un père ou une mère, d'autres comme moi pour courir vers leur maison, le garagiste Boutté interpella notre instituteur, d'une voix forte de manière à être entendu des gens autour de lui.

– Dites, monsieur Orthis, je peux vous poser une question ?

Le cœur de l'instituteur se serra. Le mien pareillement.

– Bien sûr. Venez, accepta-t-il en invitant le parent d'élève à le suivre jusqu'à sa classe, ce qui était l'usage.

Mais Boutté ne voulait pas d'un entretien particulier. Il lança :

– On pourrait savoir ce que vous faisiez samedi après-midi, vers trois heures ?

Trois heures, tout le monde savait que c'était l'heure à laquelle Dominique était mort. Mr Orthis s'attendait d'une manière ou d'une autre à ce qu'on l'interroge, mais pas ainsi. Il se rebiffa, en prenant soin cependant de ne pas paraître sur la défensive.

– Cela ne vous regarde pas, monsieur Boutté, je suis désolé.

– Oh mais si ! Un peu que ça nous regarde ! Ça regarde tout le monde dans le village, et surtout la famille Maréchal.

Le garagiste parlait en levant le nez, comme pour humer la fourberie de son suspect numéro un.

– Vous n'êtes pas de la police et je n'ai rien à vous dire, trancha l'enseignant en refermant le portillon de la grille.

Un instant, il resta planté derrière à soutenir le regard de ces gens qui le dévisageaient, l'esprit acidifié par de mauvaises pensées. Il se détourna. Alors, sans même attendre qu'il se soit éloigné, les commentaires fusèrent :

– Vous avez vu ça, comme il nous a parlé ? s'indigna une mère qui tenait un petit turbulent de 11ème par la main.

– Moi, je dis que c'est parce qu'il n'a pas la conscience claire, insinua Mr Boutté. On devrait en parler aux gendarmes.

– En tout cas, il faudra qu'il s'explique sur son emploi du temps, déclara une autre mère.

– Je vous dirais, reprit la première femme, qu'avec des gens comme ça, qu'ont des mœurs pas très… enfin bon, je serais pas étonnée que ce soit lui le meurtrier.

– Quelles mœurs ? interrogea une autre.

– Allons, vous le savez bien, répondit Mr Boutté avec un air entendu.

Les personnes présentes opinèrent du chef. Ça sentait le roussi pour Gabriel Orthis.

À quatre heures et demie de ce même jour, deux hommes en costume attendaient patiemment dans la cour de l'école la fin de la classe. C'était un commissaire de police et son adjoint inspecteur. Ils étaient là pour interroger notre maître, seulement lui ! En les découvrant, celui-ci ne put s'empêcher de pâlir. C'est la gorge nouée qu'il nous dit au revoir.
– Allez-y, les enfants. À demain.

Les trois hommes disparurent dans notre salle de classe.

L'interrogatoire commença ainsi :
– Vous aimez votre métier, Mr Orthis ? demanda le commissaire.
– Oui, beaucoup, répondit l'instituteur qui s'était instinctivement installé à son bureau.

L'officier de police se donnait des allures de commissaire Bourrel ; il en avait même adopté la fine moustache et le chapeau gris.
– Et vous aimez les enfants, je suppose ?

L'enseignant voyait clairement où le policier voulait en venir, mais il se dit pour se rassurer que c'était normal. Ce qui l'inquiétait d'avantage, c'était sa manière de tourner dans la classe tout en posant ses questions, soulevant ici un couvercle de pupitre, ouvrant là le placard à balai, contemplant mains dans le dos les dessins des enfants accrochés au mur, et laissant planer de longs silences entre chaque question. Il était évident qu'il cherchait à susciter chez son interlocuteur un stress propice à son objectif, obtenir une information compromettante. Son adjoint complétait le jeu en se tenant assis d'une fesse sur une table du premier rang, décontracté et ne détachant pas son regard de Mr Orthis qui répondit à la question d'un « oui » laconique.

– Vous êtes toulousain, je crois ? reprit le commissaire.

– Exact.

– Parlez-nous de vous. Par exemple, à quoi occupez-vous vos loisirs ?

Mr Orthis était un émotif, mais pas un lâche. Lorsque se présentait une situation périlleuse, il n'hésitait pas à l'affronter. J'avais eu l'occasion de le constater lors d'une sortie en campagne, quand un bovin échappé d'un troupeau avait foncé sur nous dans un pré. Il avait ôté sa veste et l'avait agitée pour attirer la bête loin de nous. Celle-ci avait fait demi-tour. Certes, ce n'était qu'un bœuf paniqué, mais le maître était devenu notre héros.

– Venez-en à ce qui vous intéresse, Monsieur le commissaire, attaqua-t-il, et demandez-moi ce que je faisais l'après-midi du crime.

Le policier cessa de déambuler dans la classe pour fixer l'instituteur avec froideur.

– Très bien. Que faisiez-vous entre 15 heures et 15 heures 30, samedi dernier ?

– Rien. Je suis resté chez moi à lire, à corriger mes cahiers, à musarder. Voilà. Je n'ai pas d'alibi, autant vous le dire tout de suite.

– Vous n'avez pas téléphoné à un ami ? Personne ne vous a rendu visite ?

– Non. Monsieur le commissaire, est-ce que je peux vous demander pourquoi vous êtes venu me voir, moi, en premier ?

Le policier feignit d'hésiter.

– Vous êtes célibataire... Vous vivez seul... C'est un de vos élèves qui a été assassiné, répondit-il en détachant ostensiblement chaque phrase. Vous n'avez jamais été marié ? demanda-t-il encore.

« Nous y voilà ! » songea Gabriel Orthis. Il attendit la suite, car visiblement le policier se fichait de sa réponse.

– On dit dans le pays que vous n'avez pas... comment dire ? une grande attirance pour les femmes, est-ce vrai ? reprit-il.

L'enseignant gardait le silence, soutenant le regard qui se voulait inexpressif du commissaire qui s'était rapproché. Près de lui, l'inspecteur arborait un air goguenard, comme s'il s'amusait de la scène.

– Je ne vois pas ce que vous voulez dire, répliqua l'instituteur.
– Ça ne fait rien. Merci.

Coupant court à l'interrogatoire, le commissaire prit congé avec cette menace implicite :
– Nous nous reverrons, Mr Orthis. Veillez à ne pas vous absenter de Saint-Clémentel sans m'en avertir. Au revoir.

Dehors, des curieux étaient restés pour observer la sortie des policiers, espérant sans doute les voir emmener le suspect tête basse et menotté. Dans sa classe, notre maître respirait avec peine. Il sentait l'étau se resserrer sur lui… et il ne pouvait plus fuir.

*Chapitre 4*

# DES TRACES DE SANG

Dès le lendemain matin, les policiers revinrent à l'école. Cette fois, ils n'attendirent pas la fin de la classe, seulement la récréation. Ils avaient auparavant demandé au Directeur de l'école de prévenir Mr Orthis qu'ils interrogeraient certains de ses élèves, les copains les plus proches de Dominique, ainsi qu'une ou deux filles. Me concernant, l'entretien se déroula d'une manière qui me mit particulièrement mal à l'aise. Mr Orthis n'était pas présent et ces deux hommes en costume me faisaient peur. Le commissaire Rochant avait beau prendre un air gentillet, me faire des sourires et me parler comme à un mioche de 10ème, je n'arrivais pas à me détendre.

– Tu t'appelles Rémy Langevin, c'est bien ça ?

– Oui, m'sieur.

– Moi, je suis le commissaire Rochant et ce monsieur est l'inspecteur Lescure. C'est nous qui enquêtons sur la mort de ton camarade et qui allons mettre son assassin en prison.

J'acquiesçai timidement de la tête. D'abord, sans doute pour me mettre à l'aise, il m'interrogea sur moi-même, ce que je voulais faire plus tard, mes goûts… Puis il en vint à ce qui l'intéressait.

– Parlons un peu de ton maître d'école. Il est gentil ?

– Oui, très.

– Ah ! Très gentil comment ?

Ne comprenant pas ce qu'il voulait me faire dire, je me tus en haussant les épaules.

– Est-ce qu'il vous donne des claques, des fois ?

– Jamais ! Jamais c'est arrivé ! m'insurgeai-je.

– D'accord. Et… est-ce qu'il lui arrive de vous toucher… affectueusement. Je veux dire, par exemple, toi, est-ce qu'il t'a déjà posé la main sur la tête ?

– Ben oui, répondis-je, étonné.

Je trouvais ces questions complètement idiotes.

– Et comment ? Tu peux me montrer ?

Je le dévisageai, incrédule.

– Montre-moi, insista-t-il. C'est juste pour que je sache.

Je m'exécutai, avec négligence, mais mon geste ne lui convenait pas.

– Attends, est-ce que ce ne serait pas plutôt comme ça…

Il passa sa main sur ma chevelure coupée très court. Ce contact fut pour moi non seulement déplaisant, mais effrayant. Je dus grimacer sans m'en rendre compte et le commissaire en déduisit qu'à l'évidence cela m'évoquait un souvenir désagréable.

– Il t'a déjà caressé comme ça, n'est-ce pas ?

J'étais troublé, indisposé. Je sentais intuitivement qu'il tenait à ce que je lui avoue quelque chose, mais je n'arrivais pas à comprendre quoi ni pourquoi.

– Je ne sais pas, répondis-je.

– Et il caresse aussi les cheveux des filles ?

Là, je savais quoi répondre, car cela relevait de mon vécu personnel. Caresser les cheveux des filles était une de mes activités préférées avec ma copine Isabelle, qui avait une chevelure longue de toute beauté. J'avais moi-même le fantasme de pouvoir laisser pousser mes propres cheveux que ma mère s'obstinait à tailler le plus court possible, à cause des poux disait-elle.

– Non, monsieur. J'ai jamais vu le maître faire ça. Je vous le jure !

Le commissaire adressa un sourire entendu à son adjoint, puis conclut :

– Je te crois. Bien, je t'ai assez embêté comme ça. Tu vas pouvoir rejoindre tes petits camarades. Maintenant, j'aimerais parler avec Mathias Boutté, tu veux bien lui demander de venir, s'il te plaît ?

Mon expression s'assombrit, car avec ce sale cafard, j'étais sûr que notre maître allait en prendre pour son grade. Ce fut le cas, et au-delà des espérances des policiers. Après cette séance d'interrogatoire, monsieur Orthis pouvait déjà être arrêté pour pédophilie, mais en 1966 on n'envoyait pas encore si facilement les pervers, ou présumés tels, au tribunal.

L'étape suivante fut la perquisition au domicile de notre maître.

Elle devait se dérouler dans la discrétion, ce fut un vrai spectacle de foire auquel les enfants pourraient assister puisque le jour choisi fut le jeudi. À neuf heures, ce matin-là, plusieurs véhicules de police, un fourgon et deux DS 21 banalisées se garèrent devant la petite maison de l'enseignant, lequel était encore au lit à profiter de son jour de repos (ce qui accrédita la thèse que cet homme ne vivait pas comme tout le monde). Aussitôt avertie on ne sait comment, une bonne partie de la population du village vint à pied ou à vélo, décidée à ne rien rater de l'événement, avec en tête la famille Boutté au grand complet.

– Qu'est-ce que vous cherchez, au juste ? demanda Mr Orthis au commissaire.

– À votre avis ? retourna celui-ci tout en ouvrant un des tiroirs de son buffet.

De l'autre côté du salon, l'inspecteur Lescure et deux policiers en tenue vidaient la bibliothèque, ouvrant chaque livre, examinant le moindre bout de papier, auscultant même la paroi du fond pour s'assurer qu'elle ne dissimulait pas quelque trappe secrète. Mr Orthis garda son calme jusqu'à ce qu'il s'aperçoive, en jetant un regard par la fenêtre de sa cuisine, qu'une foule s'était massée devant chez lui.

– Mais enfin, qu'est-ce qui vous fait croire que je suis l'assassin de ce pauvre garçon ? lança-t-il dans un cri de révolte.

– Qui vous a dit que je pensais ça ? répliqua avec cynisme le policier. Je mène mon enquête, c'est tout.

– Très bien, alors chez qui allez-vous perquisitionner ensuite ?

– Pour le moment, c'est ici que ça se passe.

– En admettant que je sois l'assassin, croyez-vous que je serais assez bête pour laisser traîner un indice ?

– Oh, ça... Si vous saviez le nombre de criminels qui se croient plus malins que la police !

À cet instant, un gendarme fit irruption dans la cuisine.

– Commissaire, nous avons trouvé quelque chose.

Gabriel Orthis blêmit et le commissaire s'en aperçut, non sans une certaine satisfaction.

– Bien, allons voir ça.

Devant le cabanon qui servait de garage, les policiers avait sorti la 2 CV de l'instituteur et commencé à la désosser. Sur l'herbe gisait la banquette arrière maculée d'une tache noirâtre.

– C'est du sang, indiqua un des agents au commissaire.

– Vous êtes sûr ?

– Absolument.

Rochant se tourna vers son suspect.

– Comment expliquez-vous ça ?

L'instituteur eut un signe de dénégation. Il paraissait alarmé et il l'était, ce qui ne l'empêcha pas de réfléchir à l'origine de cette tache. Soudain, il se rappela :

– C'est du sang de lapin !

L'officier de police ne put retenir un rire.

– Ben voyons, du mignon petit lapin…

– Mais si, je vous le jure ! J'ai transporté un lapin que j'ai acheté dans une ferme. Il était dans un panier d'osier et… oui, je me souviens bien maintenant, un peu de sang a coulé au fond, mais je ne m'étais pas aperçu que ma banquette était tachée.

– C'est ce qu'on verra, trancha le commissaire. Emportez et faites analyser, ordonna-t-il à son équipe avec un geste négligent de l'index.

Sur la route, de l'autre côté de la barrière, certains avaient tout entendu et répétaient aux autres, comme le scoop du jour : « Du sang, ils ont trouvé du sang dans sa voiture ».

Ainsi les mâchoires de la suspicion se refermaient sur Gabriel Orthis, inexorablement. La perquisition ne donna rien d'autre. Rien ! Pas même un magazine de charme, pas le moindre indice d'une quelconque perversion. Le commissaire dut en convenir en aparté avec son adjoint :

– Ce type est désespérément clair.

– En apparence, Commissaire, en apparence, répliqua l'inspecteur Lescure, parce qu'il faudrait quand même pas oublier que c'est un pédé.

– Mouais, approuva mollement Rochant tout en observant, de l'autre côté de la cour, l'instituteur qui remontait les éléments de sa voiture.

Le pauvre avait les jambes et les bras coupés par l'émotion, ce qui rendait ses gestes maladroits et faisait rire certains des spectateurs qui l'observaient comme un singe de zoo.

– Est-ce qu'on l'arrête maintenant ? interrogea Lescure.

– Bien sûr que non ! Tant qu'on n'a pas l'analyse du sang, qu'est-ce que tu veux que je dise au juge ?

L'inspecteur impatient acquiesça, déçu. Il lui faudrait attendre vingt-quatre heures avant de passer à la télévision.

*Chapitre 5*

# UN CRAN AU-DESSUS

Nous avons appris quelle était la nature du sang trouvé dans la voiture de Mr Orthis, le samedi suivant, par le journal. C'était bien du sang animal. De plus, une fermière des environs avait confirmé avoir vendu au suspect un lapin, qu'elle avait sommairement emballé dans un linge. Retour donc à la case départ, la piste de l'instituteur se refermait... pas pour tout le monde, malheureusement. J'ai moi-même pu m'en rendre compte en surprenant les conversations des adultes, ici ou là. C'était intéressant, surtout le soir, quand les grandes personnes sortaient les chaises sur le trottoir pour caqueter par petits groupes. Nous, les gamins, excités par l'atmosphère dramatique qui régnait au village, les écoutions par les fenêtres de nos chambres. C'était devenu une sorte de jeu qui consistait ensuite à nous retrouver dans notre Q.G., une cabane de planches derrière la vieille scierie abandonnée, et à y échanger nos comptes rendus assortis d'imitations hilarantes. Dans notre insouciance d'enfants, nous en avions presque oublié la gravité de l'affaire.

Un premier constat s'imposa : ils étaient bien peu nombreux ceux qui croyaient en l'innocence de Monsieur l'instituteur. Par principe d'abord : « C'est pas parce qu'on n'a rien trouvé, qu'il n'y a rien ! ai-je moi-même pu entendre. Un innocent, ça se voit. Un innocent, ça n'a rien à se reprocher. C'est normal. C'est comme tout le monde. » Et quand une voix osait répliquer, presque indignée : « Mais enfin, monsieur Orthis est normal ! » on lâchait en plissant la bouche : « Vous trouvez ? » Pour mieux convaincre de la bizarrerie de l'individu, on faisait remarquer qu'il était tout de même curieux d'être encore célibataire à trente-cinq ans et vivre seul comme ça, dans une petite maison à l'écart, sans jamais recevoir personne. Il y en eut même un pour s'apercevoir qu'il portait une alliance alors qu'il n'avait jamais été marié. « C'est peut-être parce qu'il a été nonne, dans une vie antérieure ? », avait-il ajouté pour faire rire la galerie, laquelle ne s'en était pas privé. Les plus pernicieux à ce concours du meilleur cancan étaient certainement les pédants. Ceux-là savent tout sur tout et donnent de doctes avis scientifiquement argumentés. L'un d'eux, médecin à la retraite, fit remarquer dans une conversation de bistrot, tout en sirotant un verre de Campari, exemples datés et circonstanciés à l'appui, que dans certaines affaires criminelles, la police laissait courir de fausses informations, afin de mieux confondre les coupables. C'est pourquoi l'on pouvait légitimement envisager que le sang trouvé chez Orthis était bel et bien humain, mais que, ne pouvant encore constituer une preuve définitive de la culpabilité du meurtrier présumé, il fallait approfondir l'enquête pour mieux le confondre… Cela interpellait tout de même !

Ces commérages (auxquels les enfants faisaient écho sans plus aucune retenue) ne mettaient pas en danger l'instituteur, pensais-je naïvement, mais souillaient sa réputation. Je me demande si celui-ci avait conscience de ce qui se racontait dans son dos. Mais peut-être s'en fichait-il depuis que la suspicion policière s'était éloignée de lui. Toujours est-il qu'il avait retrouvé des couleurs. Le lundi suivant, il nous accueillit dans la cour de l'école avec un sourire que nous ne lui avions pas vu depuis la disparition de Dominique. Puis il nous fit la classe avec sa bonhomie coutumière.

Cela ne dura qu'une journée.

Le mardi matin, pâle, le visage fermé, il s'installa à son bureau et réclama notre attention.

Je remarquai qu'il n'avait pas écrit la date au tableau, ni la morale du jour. Sans un mot, il sortit une feuille de son cartable, puis déclara :

– Je vais vous lire une lettre qu'on a mise dans ma boîte. Elle n'est pas signée parce que c'est une lettre de lâche. Comme vous allez le constater, elle est particulièrement méchante.

Il ne nous épargna aucun des gros mots dont elle était truffée, ni les fautes d'orthographe qu'il nous signalait au passage. Le plus terrible fut la dernière phrase que je n'ai jamais oubliée : « Les salauds de pédés dans ton genre, on devrait les éliminer comme les blattes. C'est ce qu'on va faire. On va te passer à l'insecticide et on te fera cramer. » Le message était manuscrit, l'auteur s'étant contenté de déformer grossièrement son écriture. Le maître soupira, puis replia l'infâme torchon.

– Voilà à quoi peut mener la bêtise quand elle se mêle à la méchanceté. Vous en pensez quoi, les enfants ?

L'indignation fut unanime, moins une voix, évidemment. À la récréation, j'eus la mauvaise idée de liguer mes copains contre ce trublion de Mathias Boutté, pour lui flanquer une raclée mémorable. Résultat, on attribua la responsabilité de la rixe à notre maître qui créait un climat détestable dans l'école, d'après ses collègues, et l'odieux Boutté devint un martyr. Ce fut pour moi une belle leçon de sagesse : on n'impose pas la raison par la violence, le bien par le mal.

Dans la semaine, le journal révéla que l'enquête piétinait. Le rapport d'autopsie, d'après ce qui avait filtré, ne faisait état d'aucun sévice sexuel et indiquait qu'il n'y avait pas forcément eu coups intentionnels. La seule certitude était que mon copain Dominique avait été transporté encore agonisant et qu'il était mort d'une hémorragie cérébrale. L'émotion, qui était un peu retombée, fut ravivée par cette dernière information, comme des braises sur lesquelles on aurait jeté de l'essence. Car il était insupportable d'imaginer que la petite victime ait été abandonnée encore vivante dans un fourré, tel un chien renversé, alors qu'elle aurait peut-être pu être sauvée. C'est sans doute ce qui explique l'événement qui se produisit la nuit suivante.

Mr Orthis était chez lui, tranquille, autant qu'on peut l'être quand on sent pointer sur soi une foule d'index accusateurs. Il était encore éveillé vers minuit, car il travaillait sur ses livres. Passionné de littérature, il préparait, nous avait-il avoué un jour, la rédaction d'une biographie romancée d'un des plus grands poètes de tous les temps, Paul Verlaine. Il y eut d'abord un coup bref frappé à sa porte, très vite suivi d'un second. L'instituteur tressaillit, devinant qu'on était en train de jeter des pierres sur sa maison. Après une hésitation, il décida d'ignorer cette provocation qui devait être le fait de jeunes imbéciles des environs. À la vérité, il avait tout simplement peur de se prendre un caillou dans la figure. On peut le comprendre. Au dix ou douzième coup cependant, il finit par craquer et se leva. Un moment, il resta debout au milieu de son salon, hésitant, fixant le poste téléphonique qui trônait sur une petite table près de la fenêtre. De toute façon, se dit-il, s'il appelait les gendarmes, ils ne prendraient même pas la peine de se déplacer. Mieux valait qu'il se charge lui-même d'assurer sa tranquillité. Avec des gosses, même bêtes à manger du foin, ça ne pouvait pas aller bien loin. Il alluma d'abord l'ampoule électrique à l'extérieur, au-dessus du perron. Puis il attendit un long moment. Les coups cessèrent. Il sourit. Malgré tout, avant de retourner à ses activités, il souhaita s'assurer que les voyous ne s'en étaient pas pris à l'un ou l'autre de ses maigres biens, son nain de jardin par exemple ou sa voiture dans son garage. Il ouvrit la porte.

À l'instant même où il posait un pied dehors, la nuit résonna d'une détonation. Dans un geste réflexe, Gabriel Orthis se protégea le visage, puis fit volteface pour retourner se mettre à l'abri chez lui.

Un second coup de fusil de chasse retentit. Si la première décharge avait fait sauter un peu de crépi sur la façade, la seconde cribla de chevrotine le battant de la porte, heureusement assez épais. Cette fois, Mr Orthis n'hésita pas à appeler la gendarmerie.

Le temps qu'elle arrive, il resta prostré dans son fauteuil, près de la cheminée à se répéter comme dans un cauchemar. « Qu'est-ce qui m'arrive ? Mon Dieu, mais qu'est-ce qui m'arrive ? »

*Chapitre 6*

# COUP DE THÉÂTRE

Mr Orthis porta plainte pour tentative de meurtre. Une rapide enquête permit le lendemain de mettre la main sur le coupable qui ne fit aucune difficulté pour avouer son forfait. Le plaignant fut convoqué à la gendarmerie afin d'être confronté à son agresseur. Dès l'entrée dans le bureau du brigadier chef, l'instituteur reconnut avec effarement l'oncle de Dominique.

– Monsieur Maréchal, mais... pourquoi ?

Assis sur une chaise, l'homme n'était pas menotté. Il gardait la tête basse dans une attitude de vieil ours renfrogné, ce qu'il était au quotidien.

– Tu le sais bien pourquoi, marmonna-t-il sans bouger.

Gabriel Orthis prit place sur l'autre chaise.

– Mais enfin, est-ce que vous vous rendez compte ? Vous alliez tuer un innocent, comme ça, sans preuve !

– Et le sang dans ta bagnole ?
– C'est du sang de lapin, vous le savez bien. Les analyses l'ont prouvé !
– Ouais, à ce qu'on dit. Mais moi, je me fie à mon instinct. Alors tu peux manœuvrer comme tu veux, je sais que c'est toi. Je t'ai raté cette fois… T'inquiète, la prochaine…

L'homme tourna un regard si haineux vers l'instituteur que celui-ci en eut le souffle coupé. Gabriel Orthis s'adressa à l'officier de gendarmerie qui paraissait plus embarrassé qu'autre chose.
– Vous avez entendu ? Il faut raisonner ce fou ou l'enfermer !
– Allons, allons, on reste calme, répondit le brigadier avec un geste d'apaisement de la main. Monsieur l'instituteur a raison, jusqu'à preuve du contraire il n'est coupable de rien. Vous, par contre (il pointa l'oncle du doigt), ça peut vous coûter cher, peut-être la prison si ce monsieur ne retire pas sa plainte.

L'enseignant soupira, découragé. Puis il fit cette proposition :
– Monsieur Maréchal, je vous jure que je n'ai rien… mais vraiment rien à voir avec la mort de Dominique. Il ne faut pas croire ce que les gens racontent. Laissez la police faire son travail, ça vous évitera d'ajouter du malheur au malheur. Alors si vous êtes d'accord,

je retire ma plainte et on en reste là. Je ne vous demanderai même pas d'excuses. Par contre, promettez-moi de votre côté d'attendre la fin de l'enquête pour jouer les justiciers.

L'oncle grogna une vague approbation. L'incident était clos et l'oncle de Dominique s'en tira avec pour seule sanction la confiscation de son fusil. L'instituteur sortit de la gendarmerie avec l'amère satisfaction d'avoir éteint un départ de feu, mais aussi le désagréable sentiment que cela pouvait repartir à tout instant, n'importe où ailleurs. Il monta dans sa 2 CV avec une terrible envie de fuir à l'autre bout du monde.

À peu près au même moment, le commissaire Rochant recevait dans son bureau un appel téléphonique qui allait donner un sacré coup de fouet à son enquête. Car dans cette affaire, tout lui manquait : les indices matériels, les certitudes sur les conditions du crime, les témoins et même les suspects, car il ne croyait plus trop en la culpabilité de l'instituteur. Or, voilà que se présentait enfin ce qu'il n'osait plus espérer, une information. Le combiné raccroché, il appela son adjoint dans le bureau voisin :

– Lucien ! Prends ton chapeau, on va à Saint-Clémentel !

L'après-midi, une demi-heure avant la sortie, la porte de notre classe s'ouvrit comme poussée par un coup de vent. Le Directeur de l'école entra, sans frapper, ce qui nous saisit tous de stupeur. Dans le couloir, attendaient le commissaire de police et son inspecteur.

– Qu'est-ce qui se passe ? s'enquit le maître d'une voix blanche.

– Venez, Orthis, ordonna le directeur avec un geste impérieux de l'index.

On aurait dit qu'il s'adressait à un garnement. Le maître obéit sans même songer à s'indigner de ces manières brutales. Une fois dans le couloir, il découvrit les policiers, ce qui accrut son angoisse. Il renouvela sa question :

– Qu'est-ce qui se passe, Commissaire ?

– Vous le saurez bientôt, répondit Rochant sans le regarder.

Une paire de menottes apparut dans ses mains, qu'il passa d'un geste habile aux poignets de l'enseignant. Dans la classe, nous nous regardions, atterrés, comprenant vaguement qu'on venait d'arrêter notre maître. Dans son émoi, le directeur n'avait pas pensé à refermer la porte, ce qui nous permit d'entendre les protestations de Mr Orthis :

– Mais enfin, expliquez-moi ! Je n'ai rien fait ! C'est absurde !

Mon cœur, qui déjà battait la chamade, se comprima jusqu'à la douleur. Sans réfléchir, je me précipitai hors de la classe. Pour les autres élèves, ce fut le signal qu'on pouvait courir au spectacle. J'ai alors vu le maître, protestant et demandant en vain des explications, qui tournait la tête à droite et à gauche vers les policiers qui l'encadraient étroitement. Au moment de sortir, le directeur fit volte-face pour nous intimer l'ordre de rester dans la classe. Personne n'obéit. Je m'élançai jusqu'à la porte donnant sur la cour et là, le nez collé au carreau, je regardai horrifié Mr Orthis qui marchait avec raideur vers la grille, tenu au coude par l'inspecteur Lescure. On aurait dit un damné conduit vers l'enfer par deux sombres démons. Le directeur avait pris les devants pour ouvrir le portillon, derrière lequel attendaient déjà quelques parents. Au passage de l'instituteur menotté, il y eut d'abord un silence de mort, puis dès qu'il fut emmené, les langues commencèrent à s'agiter :

– Assassin ! Qu'on le pende ! C'est lui, le monstre ! À mort ! À mort !

La DS noire du commissaire démarra rapidement. À l'arrière, penché en avant, Mr Orthis pleurait. Jusque là, cette tragique histoire n'était pour lui qu'un mauvais rêve qui forcément prendrait bientôt fin, sans trop de conséquences.

Elle devenait brutalement un cauchemar épouvantable qui pouvait très bien se terminer sur l'échafaud.

*Chapitre 7*

# DÉBUT D'INTERROGATOIRE

À l'arrivée au commissariat, la presse était déjà là, sans doute prévenue par une « source bien informée ». Gabriel Orthis fut poussé hors de la voiture. Il fut ébloui par plusieurs éclairs de flashs tandis que des voix s'écriaient :

– Commissaire Rochant, un mot. C'est lui, l'assassin ? S'il vous plaît, regardez par ici ! Est-il vrai que vous avez trouvé l'arme du crime ?

Comme emporté dans un tourbillon, le suspect vit défiler des marches d'escaliers, un couloir vitré, croisa le regard d'un jeune homme assis sur un banc, puis soudain ce fut le silence. Il était dans un bureau, celui du commissaire Rochant.

– Détachez-le, ordonna l'officier de police.

Un agent en tenue délivra l'instituteur de ses menottes, puis le fit asseoir face à un bureau encombré de dossiers, et sur lequel se trouvait aussi un gros téléphone noir, un cendrier de verre, une lampe montée sur un bras articulé. Avec calme, le commissaire accrocha au portemanteau son chapeau puis son veston. Il referma l'un des boutons de son gilet de laine gris. Enfin, d'un geste machinal, il desserra son nœud de cravate. Durant tout ce temps, Gabriel Orthis, que le choc avait mis en état d'hypervigilance, sentait que l'homme n'avait pas cessé de garder un œil sur lui. Le policier agissait comme s'il savait sa proie à sa merci, comme si l'hallali ne demandait qu'une heure ou deux. Car il était persuadé qu'un suspect aussi émotif que celui-là craquerait dès qu'il élèverait un peu la voix. Enfin, il prit place dans son fauteuil. Son adjoint restait en retrait, invisible au prisonnier qui pourtant sentait sa présence dans son dos, aussi menaçante que celle d'un prédateur à l'affût.

– Bien, commença le commissaire, souhaitez-vous quelque chose à boire ? Un verre d'eau ?

Un sursaut d'orgueil poussa l'instituteur à réagir. Il releva le visage pour fixer son vis-à-vis droit dans les yeux.

– Je souhaite un avocat, répondit-il d'une voix aussi ferme que possible.

– Vous l'aurez, c'est la loi. Mais avant, il faut qu'on parle.

– Je vous écoute.
– Très bien. Allons droit au fait. Vous avez prétendu que le samedi 19 mai, entre 15 heures et 15 heures 30, vous étiez chez vous...
– C'est exact.
– Eh bien non, monsieur Orthis ! Vous n'étiez pas chez vous, mais dans votre voiture, quelque part du côté du bois des Carmes.

Orthis écarquilla les yeux.
– Qu'est-ce que vous racontez, c'est faux !
– On vous a vu.

L'instituteur secoua la tête comme pour se réveiller.
– Qui, on ? J'étais chez moi en train de... de faire je ne sais plus quoi, mais je peux vous affirmer que je n'ai pas bougé de l'après-midi.
– Un témoin affirme vous avoir aperçu alors que vous veniez de vous garer à une centaine de mètres du bosquet où l'on a trouvé le corps du petit Dominique.
– Attendez. Est-ce que cette personne m'a vu, moi, ou ma voiture ?
– Vous... dans votre voiture. Il est affirmatif. Il revenait à bicyclette de la pêche et se souvient parfaitement vous avoir reconnu en passant à votre hauteur, persuadé que vous étiez là pour un rendez-vous galant.

Gabriel Orthis haussa les épaules.

– Ridicule ! Si j'avais un rendez-vous à donner, ce serait chez moi et sûrement pas dans un bois au bord d'une route, si petite soit-elle, où n'importe quel imbécile pourrait me voir.

– C'est bien mon avis. C'est pourquoi je vous pose la question : que faisiez-vous là, à cette heure-là ?

– J'étais chez moi, un point c'est tout.

Le commissaire se redressa, soupira en se donnant un air contrit, puis lâcha :

– Comme vous voudrez. Je vais devoir procéder à un interrogatoire en règle, ce qui ne m'enchante guère, parce que j'ai d'autres chats à fouetter.

– Oh oui ! lança en pouffant son adjoint dans son coin.

Rochant fit mine de ne pas avoir entendu cette allusion sado-maso.

– D'abord, nous allons détailler un peu votre vie.

L'instituteur eut un pitoyable sourire en coin.

– Ça ne va pas être très passionnant, autant vous le dire tout de suite.

L'officier ouvrit un dossier dont l'épaisseur étonna l'enseignant.

– Vous vous appelez Gabriel-Samuel Orthis... pourquoi Samuel ?

– Mon grand-père était juif.

– Vous êtes né le 17 avril 1934, à Toulouse. Votre mère était institutrice et veuve.

– Mon père est mort en 1938 dans son usine, écrasé par la chute d'un chargement mal arrimé.
– Exact. Vous n'avez ni frère ni sœur et à ce jour, on peut dire aucune autre famille que votre mère. Quelles étaient vos relations avec elle ? demanda le commissaire en dévisageant son interlocuteur.
– Celles d'une mère et d'un fils. Je n'ai pas été martyrisé, si c'est ce que vous voulez savoir, ni violé par un amant de ma mère qui aurait été prostituée dans un bar de Toulouse. Je suis normal, ça vous étonne, n'est-ce pas ?

Le commissaire n'a pas pour habitude de donner la réplique à ses suspects, surtout pas quand il les cuisine.
– Scolarité moyenne, pas d'écart de conduite, pas de casier judiciaire, un enfant modèle en somme.
– Un enfant ordinaire, ça suffira.
– Vous entrez à l'École Normale d'instituteurs en troisième. En internat... Pour la suite, vous allez m'aider.

L'instituteur voyait parfaitement clair dans le jeu du policier, mais cela allait-il changer quoi que ce soit dans ses déclarations ? Non, puisqu'il n'avait rien à cacher, encore moins à un homme qui savait déjà tout.
– Dans votre dossier vous devez avoir un rapport disciplinaire, je présume, déclara-t-il.

– En effet. Mais c'est mieux si c'est vous qui m'en parlez.

Gabriel Orthis eut un petit rire sarcastique.

– Ce sera surtout plus croustillant. J'ai été surpris dans la chambre d'un camarade de promotion.

– Hum… au lit.

– Voulez-vous que je vous détaille ce que nous faisions ? lança l'instituteur qui commençait à perdre son sang-froid, ce qui n'était pas fait pour déplaire au policier.

– Ce qui m'intéresse, c'est de savoir si votre penchant pour les garçons s'est aggravé ou bien…

– Vous en parlez comme d'une maladie, le coupa Gabriel Orthis.

– Une maladie, non. En tout cas, un problème.

– Mais je n'ai pas de problème ! Est-ce que vous poseriez ces questions de la même façon à un jeune homme qu'on aurait surpris à quinze ans dans le lit d'une fille ? Est-ce que vous lui demanderiez : « Votre penchant pour les filles s'est-il aggravé avec le temps ? Est-ce que vous avez toujours ce genre de tendance malsaine ? » Qui êtes-vous, Monsieur le commissaire, pour me juger malade ? Un moine inquisiteur ? Si ça continue, vous allez bientôt me faire avouer des obsessions sataniques, des vices monstrueux qui confirmeront vos soupçons et alimenteront avantageusement votre dossier. Mais je vais vous en apprendre une bonne, Monsieur le commissaire, ce n'est pas le choix du partenaire qui fait l'obsédé.

Il se tourne pour interpeller l'inspecteur Lescure qui s'en montre tout surpris.

– Votre adjoint par exemple, observez-le bien. Est-ce que sous son air gouailleur ne se cacherait pas un pervers sexuel ? Je lui verrais bien un petit œil lubrique quand il croise une femme… (l'inspecteur ne peut s'empêcher d'esquisser un sourire amusé) Et quand il voit une petite fille, quel air prend-il ? N'y aurait-il pas une étincelle de convoitise dans ses yeux ?

– Non mais dites donc ! s'insurgea tout à coup l'intéressé. Ça va pas ?

– Alors, c'est quoi le profil du pervers type, Monsieur le commissaire ? poursuivit l'instituteur, les pommettes enflammées. Un homme comme moi qui, c'est vrai, préfère les hommes, ou un type comme votre inspecteur qui ricane bêtement quand on prononce le mot fouetter ? Peut-être ni l'un ni l'autre, après tout. La perversion est plus subtile, vous devez bien le savoir. Elle ne dépend pas des préférences sexuelles, mais de tant d'autres choses. Pourquoi ne demandez-vous pas l'avis d'un psychologue ?

– Ce sera fait, répondit le commissaire. En temps voulu, des experts vous examineront. Ils rendront leur rapport et ce sera au juge de décider. Continuons.

Mr Orthis eut alors l'impression d'avoir remporté une petite victoire, car son interlocuteur renonça dès lors à le provoquer sur le terrain de l'homosexualité. En vérité, le policier n'avait aucune envie de philosopher, moins encore de s'embarrasser de considérations socio-biologiques ou psychophysiologiques qui le dépassaient. C'était un homme de terrain, un pragmatique, un limier qui humait la crotte pour débusquer ses proies. Alors il revint à la charge sur l'emploi du temps de l'instituteur… et haussa le ton.

*Chapitre 8*

# AMER SENTIMENT D'INACHEVÉ

Tandis que l'instituteur répétait inlassablement qu'il était innocent, le journal local préparait ses gros titres du lendemain. Sur l'affaire Gabriel Orthis, le rédacteur en chef et ses collaborateurs hésitaient entre trois propositions qui feraient la manchette avec « Meurtre de Saint-Clémentel » : « L'enquête avance, un suspect arrêté », ou « Un homosexuel notoire interrogé », ou encore « L'instituteur coupable ? »

– " L'enquête avance ", ça fait un peu plat, estima l'auteur de l'article.

– Et " Un homosexuel notoire ", ça fait vulgaire, déclara la secrétaire de rédaction.

– Mouais... marmonna le rédacteur en chef. D'un autre côté, le troisième titre va un peu vite en besogne.

– Il y a un point d'interrogation, fit remarquer le journaliste.

Un long silence méditatif plana dans le bureau, puis soudain le chef claqua des doigts :
– " Un témoin surprise a vu le monstre " ! s'exclama-t-il. Ça accroche, non ?
– Pas mal, mais il vaudrait mieux écrire *aurait*, parce que pour l'instant on n'en sait rien, suggéra la secrétaire.
– D'accord, trancha le rédacteur en chef avant d'ajouter : de toute façon, pour les gens, a ou aurait, c'est du pareil au même.

Et comme il avait raison !

Chez moi, on commentait l'événement à l'heure du souper avec beaucoup d'ardeur. Mon père, pourtant si réservé de nature, s'enflammait sur le sort qu'on devrait réserver à ce type de criminel.
– Il ne faudrait pas seulement leur couper la tête, disait-il. Il faudrait... je ne sais pas, les torturer avant.
– Comme au Moyen Âge ! m'exclamai-je, sans arrière-pensée critique.
– Peut-être pas, mais enfin, ce serait bien qu'on les fasse un peu souffrir.

Ma mère était moins extrême dans ses opinions.
– La prison à vie, c'est déjà quelque chose. En tout cas, il faudra qu'il paie, celui-là. Quand je pense que tu l'avais pour maître, mon chéri.

Elle me regarda comme si j'avais échappé de justesse à la mort. Nous étions dans la cuisine où mon père avait apporté la radio, afin qu'on ne manquât pas un seul bulletin d'information. Pour le moment, la station passait un groupe de musique à la mode qui énervait prodigieusement mes parents, mais qui moi me ravissait. C'était les Chaussettes Noires, je crois.

– On est sûr que c'est Mr Orthis ? demandai-je innocemment.

Malgré son arrestation spectaculaire, je restais persuadé qu'il y avait erreur sur la personne.

– Tu sais, mon chéri, me répondit ma mère avec le sérieux des grandes personnes qui savent tout, la police ne s'amuse pas à arrêter les gens pour le plaisir. Elle a forcément de bonnes raisons, on peut lui faire confiance.

– Ah, fis-je, troublé.

Quelles étaient donc ces bonnes raisons qui avaient conduit la police à arrêter mon maître en pleine classe ? Cela me dépassait ; je n'arrivais pas imaginer comment l'assassinat de mon copain avait pu se dérouler. Le soir, dans mon lit, j'essayais de visualiser avec courage la scène du meurtre... en vain. Mr Orthis m'apparaissait aussi innocent qu'un ange tombé du ciel pour nous apprendre en s'amusant la grammaire et les tables de multiplication, ces choses affreuses qu'un diable avait dû inventer pour que les enfants fassent des cauchemars. Je me suis alors pris à rêver que je menais moi-même l'enquête et que je trouvais le vrai coupable… Et j'imaginais sans peine que c'était le père de Mathias Boutté.

Il était vingt-et-une heures et l'on se préparait au commissariat de Marcueil à passer une longue soirée de travail, dans tous les sens du terme. Gabriel Orthis était blême et tremblait de nervosité. Il n'avait rien mangé et on ne lui avait accordé qu'un court répit, le temps d'aller aux toilettes où le pauvre avait surtout vomi. Les policiers se relayaient pour poser encore et toujours les mêmes questions. Ils appliquaient la stratégie éprouvée de l'épuisement mental qui devait amener le suspect à s'enfoncer dans ses contradictions, jusqu'aux aveux.
– Il est coriace, mais on l'aura, déclara le commissaire à un inspecteur de police qui lui prêtait main-forte. C'est juste une question de persévérance.
– Peut-être que si on le cognait un peu…
– Ça va pas la tête ! C'est pas la Gestapo, ici.

L'inspecteur leva les mains en signe de soumission. Le commissaire haussa les épaules, puis se détourna en annonçant :
– Bon, j'y retourne. Faites-nous apporter des sandwichs et des cafés.

– Pour lui aussi ?

– Pour lui aussi.

Le commissaire ouvrit la porte de son bureau à l'instant où son adjoint hurlait :

– Pourquoi tu t'obstines, hein ? Ça sert à quoi puisqu'on sait tout ?

Gabriel Orthis n'était plus capable d'articuler une réponse. Il hochait la tête négativement, le visage luisant de sueur froide. Rochant enjoignit d'un geste Lescure de sortir. Quand ce dernier passa à sa hauteur, il lui glissa un ordre à l'oreille :

– Fais revenir le témoin, c'est le moment de les confronter.

L'inspecteur acquiesça, puis sortit. Le commissaire vint se placer face au suspect, debout en appui contre son bureau, et croisa les bras. Un moment, il contempla l'instituteur épuisé.

– Bon, je crois que ça suffira pour aujourd'hui, n'est-ce pas ?

Mr Orthis leva les yeux pour le fixer, se demandant ce que signifiait ce propos à double sens.

– Pourquoi vous ne voulez pas que j'appelle mon avocat ? articula-t-il.

– Parce que je n'en ai pas fini avec vous.

– Je veux qu'on me fiche la paix, murmura l'instituteur en hochant la tête, c'est tout ce que je veux. Qu'on me laisse tranquille.

Le commissaire n'insista pas. Il alla s'asseoir sur son fauteuil et attendit patiemment qu'on lui amène ce qu'il avait réclamé. C'est le témoin qui entra en premier.

– Asseyez-vous là, monsieur Pasquier.

L'homme avança timidement jusqu'au siège vide que le policier lui indiquait. Il triturait une casquette noire de marinier et avait gardé son épaisse veste de cuir marron. Visiblement mal à l'aise et sans doute aussi un peu effrayé par l'ampleur de l'affaire à laquelle il était mêlé, il n'osa regarder ni Mr Orthis à sa droite ni le commissaire en face de lui. L'instituteur en revanche le détailla, essayant de rassembler dans son esprit chamboulé les quelques informations dont il disposait sur cet homme qu'il reconnaissait vaguement.

– C'est vous, mon accusateur ? demanda-t-il.

– Eh, oh ! Moi, j'accuse personne ! se rebiffa l'homme. Je dis ce que j'ai vu, c'est tout.

– En attendant, c'est grâce à vous si monsieur Orthis est dans mon bureau ce soir, lui fit remarquer le commissaire.

De son regard scrutateur, le policier observait les moindres changements d'expression chez l'un ou l'autre de ses « clients », comme il les désignait souvent. Il s'apprêtait à jouer une carte qui par le passé lui avait permis de confondre de faux témoins un peu fragiles : la dramatisation.

– Dans quelques minutes, je vais envoyer monsieur Orthis devant le juge qui l'inculpera d'assassinat, sur la foi de votre témoignage, monsieur Pasquier. Vous vous rendez compte de ce que cela signifie ?
– Ben… oui. Enfin, je crois, bredouilla le témoin.
– Je vous le redis quand même. Mr Orthis passera en jugement devant une cour d'assise où un jury populaire sera susceptible de le condamner à mort. À mort ! Vous-même serez interrogé et réinterrogé sur ce que vous prétendez avoir vu. Cela constituera un élément à charge déterminant pour l'éventuelle condamnation de monsieur Orthis.
– Oui, et alors ?
– Alors, si vous n'êtes pas sûr de vous, si vous souhaitez revenir sur votre déposition, il est encore temps. Parce qu'après, une fois que cet homme sera inculpé, si vous vouliez vous rétracter, on pourrait vous accuser de faux témoignage. Nous sommes bien d'accord ?

Le témoin paraissait démangé par l'envie de s'enfuir, pourtant il ne vacilla pas.
– Je maintiens. Ce monsieur était dans sa voiture, vers trois heures devant le bois des Carmes. Et il a attendu que je sois passé pour sortir, et puis après… je sais pas ce qu'il a fait. Je pouvais pas deviner qu'il allait jeter le gosse dans le bois.

Gabriel Orthis avait épuisé toutes ses réserves de dénégations et de protestations. Il baissa la tête et ce fut pour le commissaire le signe qu'il allait bientôt pouvoir signer l'ordre d'incarcération.

– Je vous remercie, monsieur Pasquier, vous pouvez rentrer chez vous.

– Ah... déjà ?

– On vous convoquera pour la suite. Bonsoir.

Une fois le témoin sorti, le commissaire reprit :

– Voilà. Cet homme n'a aucune raison de mentir. Il ne vous accuse de rien, il vous a vu, c'est tout. Donc on va en finir et après on ira se coucher. D'accord ?

Sans relever la tête, Gabriel Orthis acquiesça. Le commissaire voulut s'assurer qu'il avait vraiment gagné la partie.

– Vous avez tué Dominique Maréchal et ce n'était probablement pas prémédité, peut-être même accidentel. Comment cela s'est-il passé ?

Mr Orthis releva le regard. Ses yeux étaient rougis de chagrin et d'épuisement.

– Il vous faut un coupable, n'est-ce pas ? Ça vous fera de l'avancement.

– Allons, Mr Orthis, on ne va pas recommencer ! Comment cela s'est-il passé ?

– Je ne sais pas... j'ai... je l'ai attrapé et je lui ai fracassé la tête avec une pierre.

Le commissaire fronça les sourcils. Il n'était pas satisfait ; ce n'était pas ce genre d'aveux dont il avait besoin. Il lui fallait des circonstances précises, des faits, des chiffres, des motivations, une chronologie… D'ailleurs, il songea à faire dessiner un plan de la scène du crime.

– Dominique a quitté sa maison un peu avant quinze heures, reprit-il comme s'il lisait déjà son rapport d'enquête devant le tribunal. Il devait se rendre chez un camarade dont le domicile se trouve de l'autre côté du village. Personne ne l'a vu traverser celui-ci, ce qui nous amène à penser qu'il a dû emprunter le chemin communal, dit des Cailleux. Il se trouve que cette voie rejoint la petite route D8 sur laquelle se situe votre propre maison, à trois kilomètres. Comment avez-vous rencontré Dominique ? En faisant du vélo ou est-ce que vous étiez déjà en voiture ?

– En vélo, oui, j'étais en vélo. J'ai rencontré Dominique, je me suis arrêté et on a discuté. Et puis j'ai attrapé une pierre et je l'ai frappé.

– Pourquoi ?

Gabriel Orthis releva les yeux pour donner sa réponse :

– Parce qu'il m'a traité de pédé.

– Allons, on n'assassine pas un enfant pour ce genre de raison ! Vous lui avez fait une proposition, c'est ça ? Qu'il a refusée, évidemment ?

– Qu'il a refusée, oui.
– Et ensuite ?
– Je l'ai frappé et comme je ne voulais pas laisser le corps sur place, je suis allé chercher ma voiture. Et puis c'est tout. Est-ce que je peux me reposer un peu, s'il vous plaît ? Je n'en peux plus.
– Pas encore. Il faut d'abord qu'on enregistre votre déposition. L'inspecteur Lescure va s'en charger.

Le commissaire laissa planer un silence. Il ouvrit la bouche pour reprendre l'interrogatoire à son point de départ, mais se ravisa. En vérité, il en avait assez lui aussi. Une désagréable démangeaison dans un recoin de son esprit lui donnait envie de changer d'atmosphère, comme on change de chaîne de télévision, lassé ou agacé par le programme. Ne cherchant pas davantage à analyser son propre état d'esprit, il se leva et sortit de son bureau sans une parole. Cette victoire lui laissait un goût amer d'inachevé. Les aveux d'Orthis ne le satisfaisaient pas, puisqu'ils n'étaient pas plus crédibles que ses dénégations. Mais enfin, le suspect avait avoué, c'était sa responsabilité et tant pis s'il s'agissait d'une sorte de suicide. Le juge d'instruction saurait bien démêler le vrai du faux. La police avait fait son travail, à la justice maintenant de faire le sien. Bref, il pouvait partir l'esprit tranquille.

En quittant le commissariat, des journalistes l'accostèrent sous le porche.

– Alors, Monsieur le commissaire, ça y est, il a avoué ?

Le policier hésita. Que devait-il répondre ? Un autre journaliste reposa la question plus subtilement :

– Est-ce que l'accusé va être présenté à un juge ?

– Oui... Excusez-moi, messieurs, j'ai eu une journée un peu longue. Vous aurez les détails en temps voulu. Merci.

Il s'éloigna, tandis que les journalistes notaient fébrilement sur leur carnet ce qu'ils venaient d'entendre. Le policier suivant qu'ils interrogeraient serait l'inspecteur Lescure. Avec lui au moins, tous savaient qu'ils obtiendraient de la matière pour au moins cinq colonnes à la Une.

*Chapitre 9*

# PREMIÈRE NUIT DE CAUCHEMAR

Quand nous avons appris l'inculpation et l'incarcération de Mr Orthis, le soulagement fut général. Pour quelques uns tout de même, ceux qui n'avaient pas déjà passé la corde au cou de l'instituteur, il y eut un peu de perplexité. L'oncle de Dominique était fou de rage d'avoir vu juste, mais si mal visé. Quant aux enfants, ils adoptaient comme toujours les conclusions et les opinions des adultes. Bref, cette douloureuse affaire approchait de son épilogue et il n'y eut personne pour se souvenir qu'en droit français, nul n'est coupable tant qu'il n'a pas été condamné. Nous aurions pu ajouter que personne n'est infaillible, pas même le commissaire Rochant, à présent célèbre. Mr Orthis avait avoué, quelle meilleure preuve de culpabilité pouvait-on trouver ?

Il n'était même plus nécessaire de chercher des preuves matérielles.

Pour ma part, j'étais consterné et bouleversé.

– Pourquoi il a fait ça ? demandai-je à ma mère au repas de midi.

– Parce que c'est un malade mental.

– Alors on va le soigner ?

– Ah ça, intervint mon père, on va le mitonner, ton maître, aux petits oignons !

Il était devenu cynique, haineux presque, ce qui me surprenait de sa part. J'aimais beaucoup mon père, mais je n'avais aucunement envie de l'imiter dans ce registre. Pourtant, outre le dégoût qu'inspirait son acte criminel, j'avais des raisons personnelles d'en vouloir à Mr Orthis, parce qu'il avait détruit l'admiration que je lui vouais. Pire, il avait trahi ma confiance, tant j'étais convaincu de son innocence. Désormais, il serait seul, seul avec son acte odieux sur la conscience, « tel l'œil d'Abel qui était dans la tombe et regardait Caïn ». C'était mot pour mot la déclaration emphatique que nous avait faite le matin même le directeur de l'école, avant de nous présenter le remplaçant « du monstre », une volumineuse maîtresse dont la largeur de main m'évoquait furieusement celle du père Mattéo.

Après le déjeuner, j'empruntai le journal que mon père avait abandonné sur son fauteuil. Une fois dans ma chambre, assis en tailleur sur mon lit, je lus avec attention le long article consacré au meurtre de Saint-Clémentel. Avec effarement, j'appris, d'après ce qui avait filtré des aveux du meurtrier, qu'il aurait tué sa victime en réaction à une insulte. Je tiquai. J'imaginais mal Dominique insulter notre instituteur, pour lequel il avait un respect au moins aussi grand que le mien. Je découvris ensuite le compte rendu du témoignage d'Antoine Pasquier qui avait permis l'arrestation du suspect. Cet homme était un personnage que les enfants n'aimaient pas et inversement. Il est vrai que les plus garnements d'entre nous allaient régulièrement rôder autour de chez lui, surtout à la saison des cerises ou des noisettes. Lui-même ne les cueillait pas toutes, mais il détestait partager, même quand on lui demandait gentiment l'autorisation. Ainsi, je lus que ce vieux grincheux aurait aperçu notre maître en rentrant en vélo de la pêche... en rentrant en vélo de la pêche. À nouveau, je fronçais les sourcils, car jamais je n'avais vu le père Pasquier avec des cannes à pêche sur son vélo. Mais bon... cette fois-là peut-être.

Mon regard se posa sur la photo qui illustrait l'article. Elle montrait Mr Orthis menotté, flanqué de deux agents en uniforme, à l'instant où on l'embarquait dans un fourgon noir pour le conduire en prison. Il avait tourné la tête juste au moment du cliché, laissant saisir un visage marqué par une effroyable détresse. Ses yeux semblaient supplier qu'on vienne à son secours. C'était un naufragé, emporté par un puissant courant, que je regardais s'enfoncer sans bouger, le cœur durci par la rancune. Je refermai violemment le journal. Qu'il se noie, puisqu'il avait tué mon copain !

Gabriel Orthis venait de passer sa première nuit en prison. Arrivé tard la veille en soirée, il avait été placé seul dans une cellule de transit. Épuisé, il s'était endormi quelques minutes après s'être allongé tout habillé sur l'étroite couche. Au matin, pas plus les petits oiseaux que le soleil de mai ne le réveillèrent, mais le claquement des serrures.

– Allez, debout. Vous changez de dortoir ! annonça une voix masculine.

L'instituteur sursauta, cligna plusieurs fois des paupières. Son esprit était si loin l'instant d'avant, qu'il lui fallut de longues secondes pour se rappeler qu'il n'était pas dans son lit, mais dans une maison d'arrêt. Le gardien entra dans la minuscule pièce pour l'aider à se redresser.

– Ça va ? Vous voulez que le médecin vous examine ? demanda-t-il.

Mr Orthis refusa d'un signe de tête. Ce n'était pas d'un médecin dont il avait besoin, mais d'un avocat.

Alors, comme s'il avait lu dans ses pensées, le gardien lui annonça que le sien, maître Mercier, viendrait le voir dans la matinée.

– Il est quelle heure ? s'enquit le prisonnier.

– Sept heures. Allez, debout, mon vieux.

– Vous m'emmenez où ?

En pleine confusion mentale, l'inculpé se voyait déjà en route pour le tribunal... ou même directement pour l'échafaud.

– Pas loin. On va vous mettre avec deux codétenus. Autant vous prévenir tout de suite, ce ne sont pas des enfants de cœur. Mais eux, au moins, ils n'ont pas assassiné un gosse de dix ans.

– Je n'ai assassiné personne, se défendit Gabriel Orthis comme en réplique à une idiotie.

– Je ne suis pas flic, mon vieux. Alors, c'est pas la peine de vous fatiguer à me raconter vos salades. Suivez-moi docilement, c'est tout ce que je vous demande.

Le gardien flanqua dans les bras du nouveau détenu une couverture brune et un drap pliés, ainsi que quelques affaires de toilette, puis il le guida à travers la prison qui résonnait, comme un asile d'aliénés, de toute sorte de bruits désagréablement sonores : claquement métalliques, cliquetis, éclats de voix, propos orduriers... Pour l'instituteur, c'était le bas astral, l'antichambre de l'enfer. Il n'était plus sur terre, mais dans une sorte de monde parallèle où il serait tombé par accident comme dans un puits. Tout ça parce qu'il s'était accusé hier soir d'un crime qu'il n'avait pas commis. Pire, il avait fait des aveux complets et relativement circonstanciés. Pourquoi avait-il fait ça ? Qu'est-ce qu'il lui avait pris de signer le procès verbal de cette pitoyable comédie ? Ce sont les policiers, avec leur méthode de harcèlement de questions, qui l'avaient rendu fou.

Un violent sentiment de panique le saisit alors que le gardien faisait tourner une grosse clé dans la serrure d'une porte grise.

– Il faut que je parle au commissaire, réclama-t-il, le souffle court. Je n'ai tué personne.

Indifférent, le gardien ouvrit l'huis sans même lui adresser un regard.

– J'ai raconté n'importe quoi, hier soir. Il faut qu'on le sache sinon on va croire… vous entendez ?

– Mais oui, c'est ça. Allez, entrez là-dedans.

Le gardien dévisagea son nouveau pensionnaire. Il avait assez d'expérience pour se rendre compte que celui-là vivrait très mal sa détention. Il songea qu'il devrait d'ailleurs le signaler à la direction, ne serait-ce que pour se couvrir.

– Mon Dieu, c'est de la folie, articula l'instituteur qui maintenant réalisait avec lucidité toute l'horreur de sa situation. S'il vous plaît, faites venir mon avocat, tout de suite.

Le gardien entendit, mais n'écouta pas. Il n'était pas payé pour protéger les criminels, mais pour veiller à ce qu'ils restent hors d'état de nuire aux honnêtes gens.

– Entrez, s'agaça-t-il.

– Vous ne comprenez pas ! Je suis innocent ! On m'a fait signer n'importe quoi, alors que je n'ai rien fait. Rien, je vous le jure !

Gabriel Orthis pleurait à présent. Le gardien en fut troublé, mais il se rappela qu'il ne fallait jamais se laisser impressionner par la comédie des prisonniers. Certains, outre le fait d'être de vrais malades mentaux, possédaient de surprenants talents d'acteur. Pourtant, il trouvait que celui-ci avait l'air un peu plus sincère que la moyenne. En tout cas, il était assurément assez fragile pour qu'il ne le bouscule pas trop.

– D'accord, je vous promets de faire prévenir votre avocat pour qu'il vienne le plus tôt possible. Vous verrez avec lui. En attendant, entrez dans cette cellule et essayez de vous faire accepter. Si ces types vous posent des problèmes, (il désigna l'antre du pouce) vous m'appelez. D'accord ?

L'instituteur inspira profondément pour reprendre la maîtrise de lui-même, puis acquiesça.

Dans la cellule, il y avait de chaque côté deux lits superposés, mais seulement deux codétenus. L'un, âgé d'une cinquantaine d'années, était assis sur la couche du bas, à gauche. Il leva les yeux pour considérer le nouveau venu, mais sans réelle curiosité. Pourtant, dans ce regard morne, se lisait une indifférence feinte au-delà de laquelle Gabriel Orthis perçut un esprit retors pétri d'animosité. Le second était en pleine séance de musculation. Étendu sur le ventre entre les lits, il exécutait une série de pompes qu'il n'interrompit que sur l'injonction du gardien. Il se redressa, sans hâte, puis se retourna pour toiser l'importun qui allait le déranger dans son quotidien. Sur son visage disgracieux ne passa pas la moindre émotion. Lui aussi avait de la violence dans le regard, une violence physique, animale. Pourquoi avait-on mis Gabriel Orthis avec ces brutes ? La réponse coulait de source : parce qu'il était un tueur d'enfant.

*Chapitre 10*

# PLAIDEZ COUPABLE !

Gabriel Orthis entendit la porte claquer derrière lui et son cœur se mit à battre la chamade. Incapable de prononcer un mot, il se tenait debout devant cet homme en tricot de corps, que l'effort avait rendu rougeaud.

– C'est toi, le pédé tueur de mioche ? lâcha le type.

L'instituteur sentit la peur l'envahir jusqu'à la racine des cheveux. N'ayant jamais été confronté à ce genre de situation, même pas en imagination, il resta immobile, tenant son paquet de linge comme un esclave romain tremblant devant un maître tyrannique.

– Je t'ai posé une question, la tantouse, faut me répondre.

– Je n'ai rien à vous dire, répondit enfin le nouveau venu.

La brute réagit selon sa nature ; elle décocha un coup de poing dans le ventre de l'instituteur qui se plia en deux en émettant un bref râle. Il tomba à genoux, puis étouffa dans ses affaires ses gémissements de douleur sous le regard goguenard du cogneur. L'autre codétenu se leva, écarta doucement le premier.

– Laisse-le, dit-il simplement.

Il se baissa et s'empara de la couverture de Gabriel Orthis. Celui-ci crut à de la bienveillance et surmonta sa douleur pour le remercier. En vérité, l'homme ne faisait que la lui voler. Ensuite, il lui indiqua qu'il coucherait au-dessus de la brute, puis il lui ordonna de s'y installer et de n'en pas bouger.

– Et pour pisser, termina-t-il, tu demandes.

Gabriel Orthis n'était pas encore condamné et pourtant déjà damné.

Son avocat arriva à la maison d'arrêt à l'heure prévue, n'ayant reçu aucun appel lui demandant de venir plus tôt. Quand il entra dans le parloir, une petite pièce nue éclairée par un unique néon grésillant, meublée d'une table de bois et de deux chaises, il marqua un arrêt en découvrant son client. L'instituteur était d'une pâleur inquiétante, les yeux cernés de violet, se tenant le ventre d'une main.

– Ça ne va pas ? s'enquit-il en s'asseyant en face de lui.

Gabriel Orthis étira un sourire ironique.

– Si très bien. Ça ne se voit pas ?

– Vous a-t-on frappé ?

– Ils m'ont mis avec des brutes dégénérées.
– Je vois. Je vais le signaler au directeur.

L'avocat s'installa face à lui, ouvrit sa serviette d'où il sortit un bloc, un crayon et une chemise cartonnée portant la mention Affaire *Gabriel Orthis*. Il posa le tout sur la table selon une sorte de rituel mille fois répété.

– Bien... j'ai étudié votre situation, commença-t-il. Il n'y a rien dans votre dossier, mais vos aveux signés ne vont pas me faciliter la tâche.
– Je vais me rétracter.
– Inutile, maintenant que c'est fait. Je pense qu'il vaut mieux plaider coupable...
– Coupable ! s'écria l'instituteur en se levant vivement. Vous êtes fou ! Je ne suis coupable de rien, ou alors seulement de faiblesse. Je n'ai pas tenu le coup. Il m'ont harcelé, épuisé...
– Est-ce qu'ils vous ont frappé ?
– Non, répondit Gabriel Orthis en se rasseyant. Mais il est hors de question que je plaide coupable.
– Vous devriez me faire confiance. Vous risquez moins si nous plaidons le coup de folie, ou même mieux l'accident, que si vous revenez sur vos aveux. Comprenez bien, monsieur Orthis, que personne ne vous croira, surtout pas vos juges. En revanche, si vous invoquez une sorte de coup du sort, vous risquez quinze ans, vingt ans tout au plus.

L'instituteur dévisagea son défenseur comme s'il faisait lui aussi partie des acteurs du cauchemar.

– Vingt ans, lâcha-t-il d'une voix à peine audible. Vingt ans pour un crime que je n'ai pas commis.

L'avocat eut une expression de fausse compassion.

– Mon rôle, c'est que vous preniez le moins possible.

– C'est l'acquittement que je veux, pas en prendre le moins possible !

– Écoutez, ce sera comme vous voudrez. Je plaiderai l'acquittement si c'est votre souhait, mais je tiens tout de suite à vous prévenir que vous commettez une grave erreur. Lucien Léger a avoué son crime dans sa première déposition, puis il s'est rétracté. Résultat : réclusion criminelle à perpétuité. C'est ce schéma que vous voulez reproduire ?

Mr Orthis se prit la tête dans les mains. Non, bien sûr que non, il ne voulait pas finir ses jours en prison, plutôt mourir. Mais plaider coupable, c'était... tout bonnement impensable ! Pire que de s'arracher soi-même le cœur. Pourtant, il lui faudrait prendre une décision, et vite car le juge ne tarderait pas à le convoquer. Maître Mercier lui présenta ensuite la procédure judiciaire qui l'attendait, mais il n'écoutait pas, il s'y refusait puisqu'il était innocent.

Par la radio, j'appris le lendemain que Mr Orthis avait choisi de se rétracter. Son avocat avait expliqué aux journalistes que son client avait signé des aveux bidons pour mettre fin à un interrogatoire particulièrement éprouvant. Et je le crus volontiers. J'en ai même sauté de joie dans le salon. Mon père trouvait en revanche que c'était un peu facile de se renier ainsi, et de nous rappeler l'affaire de l'Étrangleur* qui avait finalement écopé de la prison à vie.
– Mais, condamné, fis-je remarquer, ça veut pas dire coupable.
– Ben tiens, c'est quoi alors ?

Je n'ai pas su quoi répondre. J'ignorais si la justice pouvait se tromper. Pour le commun des mortels, la réponse était non, sauf bien sûr quand les verdicts n'allaient pas dans son sens. Il était d'ailleurs très curieux pour l'enfant que j'étais, de constater que suivant les convictions ou les intérêts des uns ou des autres, une décision de justice était plutôt bonne ou plutôt mauvaise. Mon père se donna un air docte pour m'aider à comprendre.
– Vois-tu, mon fils, les juges sont formés pour dire ce qui est permis et ce qui ne l'est pas, et ce que ça coûte de commettre un délit ou un crime.

J'étais impressionné par tant d'érudition… mais pas encore convaincu.
– Comment font-ils pour savoir ça ?

* Lucien Léger

– Ils ont des livres, le code pénal par exemple, pour juger les criminels comme ton ancien maître.
– Ah… Et la vérité ? On peut aussi la trouver dans le code pénal ?

Mon père adorait qu'on lui pose des questions de ce genre ; cela lui donnait l'occasion de former mon jeune esprit aux réalités du monde. De plus, il croyait connaître les réponses.
– Non, c'est dans les preuves que se trouve la vérité, mais c'est la police qui les cherche.
– Un témoignage, c'est une preuve ? demandai-je innocemment.

Mon père eut un haussement de sourcils, comme si ma question lui paraissait incongrue. Je me souviens parfaitement de son embarras.
– Oui, enfin, ça dépend du témoin. S'il est cohérent, s'il est sincère… Mais tu sais, mon garçon, on ne condamne pas les gens rien que sur la foi d'un témoignage. Et quand il y a des aveux…

Sous entendu : « l'affaire est réglée ». J'aurais dû être rassuré, je ne l'étais pas du tout. C'est alors que j'entrepris de rassembler toutes les informations que je trouverais sur le crime de Saint-Clémentel. Or, j'avais remarqué qu'à aucun moment il n'était fait mention de preuves matérielles. L'intégralité de l'accusation reposait donc sur un témoignage douteux et des aveux discutables. Dans ma naïveté d'enfant, je pensais que les seconds seraient jetés aux oubliettes, puisque Mr Orthis affirmait maintenant qu'il avait raconté n'importe quoi. Restait plus qu'à démonter le premier…

J'avais gardé en tête l'histoire du vélo. Cette bizarrerie semblait n'avoir interpellé aucun de ceux qui connaissaient bien le père Pasquier, sûrement parce que chez les « grands », on considérait ce brave homme assez digne de foi pour ne pas douter de sa parole. Et puis, qui aurait eu l'idée de se poser des questions ? Le suspect avait avoué, la famille endeuillée mettait un visage sur un coupable, la communauté tenait son monstre sur lequel déverser sa haine, le commissaire aurait son avancement. Quant au juge, Gabriel Orthis représentait un tel enjeu populaire qu'il lui serait difficile de rester impartial à l'image de la femme aux yeux bandés qui tient la balance de la justice, sourde et aveugle aux influences durant la pesée.

Après l'école, à quatre heures et demie, je décidai ce jour-là de ne pas rentrer directement chez moi. J'avais quelqu'un à espionner. Je traversai le village en courant, jusqu'à la maison du père Pasquier. Il possédait un grand terrain qui longeait la route communale. En face, s'étendait un immense champ de tournesols, dont les fleurs énormes arrivaient presque à hauteur de ma tête. Je m'embusquai là pour observer la maison de mon suspect. Premier constat, sa vieille 4 L bleu délavé n'était pas dans la cour, et la grange qui lui servait de garage était fermée. J'étais tenté d'aller y jeter un œil, en vrai James Bond en culottes courtes, mais si jamais son chien était à l'intérieur, j'étais mort. Courageux mais pas téméraire, je décidai d'attendre une petite heure avant de prendre un tel risque. J'avais prévenu ma mère que je devais passer voir un de mes copains et que ce n'était pas la peine d'appeler les pompiers ou la police avant minuit (ma plaisanterie l'avait fait rire jaune). Soudain, après seulement un quart d'heure d'attente, ma cible arriva dans sa voiture et se gara face aux grandes portes de la grange. Le père Pasquier apparut, dos voûté dans son éternelle veste de cuir marron. À croire qu'il était né avec. J'avais le cœur qui battait à tout rompre. Dans le garage, son chien se mit à aboyer comme un fou.

L'homme le libéra et aussitôt l'animal, un gros bâtard jaune aussi hargneux que son maître, lui fit une fête d'enfer qui me tira un sourire et me rappela que je n'avais toujours pas réussi à convaincre mes parents d'en adopter un. Le père Pasquier ouvrit grand les battants de la porte. Ça devenait intéressant. Je scrutais vers l'intérieur, mais n'aperçus aucun vélo... Si ! Au fond, en appui contre le mur de planches. Mince ! me dis-je, ainsi le témoin pouvait prétendre qu'il l'utilisait de temps en temps. Sauf que je distinguai furtivement, avant qu'il ne rentrât sa voiture, que le pneu avant était à plat. Je m'interrogeais : est-ce que cela pouvait constituer une preuve matérielle ? Sans doute, mais de quoi ? Cela pourrait-il suffire à démontrer que le père Pasquier avait menti ? Autant je le considérais comme un bonhomme antipathique, autant je ne l'imaginais pas fracasser la tête d'un enfant à coups de pierre. Le mystère restait entier. Je décidai de revenir le lendemain.

*Chapitre 11*

# LA PREUVE, ENFIN !

Le juge convoqua Gabriel Orthis dans son bureau dès le lendemain, car une telle affaire exigeait un traitement prioritaire. L'entretien commença par les vérifications d'usage et le rappel des faits et des éléments à charge. À décharge, il n'y avait sans doute rien, puisque le juge n'en évoqua aucun. Face à lui, l'avocat et le prévenu, lequel l'observait avec une attention soutenue mais sans aucune d'illusion. Maître Mercier avait averti son client que ce magistrat n'était pas un « facile » et qu'il faudrait se montrer particulièrement respectueux à son égard.

– Maître Mercier m'a indiqué que vous souhaitiez plaider non-coupable, déclara le juge le regard toujours rivé sur ses notes.

Il leva tout de même le nez pour poser sa première question :

– Pourquoi ?

– Parce que je le suis, répondit Mr Orthis.
– Cela reste à prouver.
– On m'a extorqué de faux aveux, au commissariat...
– Holà, holà ! Je vous en prie, trouvez autre chose. On me la fait trois fois par jour, celle-là !

Dès cet instant, l'instituteur sut qu'il était bon pour la cour d'assises, déjà jugé, déjà condamné. Il préféra se murer dans le silence et laisser son défenseur limiter les dégâts. La conversation dériva bientôt sur des questions de procédure, d'articles du code pénal, de sémantique sur des points de détail du rapport d'interrogatoire... Gabriel Orthis n'écoutait plus. Son esprit s'était évadé par la fenêtre du bureau qui donnait sur un jardin public. Le soleil faisait resplendir le vert des pelouses et les taches de couleur d'un massif de roses. Il songeait avec tristesse qu'il ne pourrait pas de sitôt déambuler parmi les rosiers de son propre jardin, s'asseoir à l'ombre de son marronnier pour lire les vers sublimes des poètes maudits... maudit, c'est lui qui l'était désormais, peut-être même depuis sa naissance puisque le malheur et l'injustice s'étaient ligués au tournant de sa vie pour la lui ficher en l'air. Un poème de Verlaine lui revint en mémoire, contrastant singulièrement avec la luminosité extérieure : « Il pleure dans mon cœur, comme il pleut sur la ville. Quelle est cette langueur qui pénètre mon cœur ? » Et les derniers vers : « C'est bien la pire peine de ne savoir pourquoi sans amour et sans haine mon cœur a tant de peine ! »

– Monsieur Orthis, lors de la reconstitution, il faudra vous montrer plus coopératif, l'interpella le juge.

L'instituteur reçut comme une gifle ce brutal rappel à la réalité. Il fixa cet homme au visage de pierre, au costume strict, qui lui faisait penser à une sorte de dieu vengeur ou plutôt à un juge des Enfers, version vingtième siècle.

– Une reconstitution, répéta-t-il. Qu'est-ce que vous voulez reconstituer ?

– Allons, ne jouez pas les innocents... (Le magistrat marqua un temps d'arrêt, car ce mot d'esprit était involontaire.) Maître Mercier vous expliquera comment cela doit se passer. Il vous suffira de reproduire les gestes que vous avez décrits dans votre déposition.

Le juge se méprit alors sur l'expression du prévenu, qui lui semblait trahir une vive anxiété.

– Je comprends que vous soyez inquiet, reprit-il. Je demanderai à ce qu'on vous équipe d'un gilet pare-balles et si besoin d'un casque...

– Un casque, Monsieur le juge ? s'étonna l'avocat.

– Sans doute voudra-t-on lui jeter des pierres, justifia le juge. Mais rassurez-vous, je ferai établir un large périmètre de sécurité. Cela rassurera l'accusé.

Consterné, Gabriel Orthis secoua la tête. Ce n'était pas lui qui devenait fou, c'était le monde autour de lui. Il avait l'impression d'être au centre d'une scène de théâtre sur laquelle s'agitaient les acteurs d'une comédie absurde, plus exactement d'une tragédie grecque. Et l'on sait comment se termine ce genre de spectacle...

Pendant ce temps, moi, je tournais et retournais dans ma tête les multiples hypothèses qui pouvaient justifier le témoignage, de toute évidence faux, du père Pasquier. À tel point que notre nouvelle maîtresse me fit gentiment remarquer que j'avais la tête en l'air.

– Si tu n'écoutes pas, me tança-t-elle, tu vas prendre du retard, et ce n'est pas comme ça qu'on réussit dans la vie, Rémy. Tiens, d'ailleurs dis-nous quel métier tu aimerais faire plus tard.

La réponse me vint comme un éclair de génie, car c'était une question à laquelle je n'avais jamais vraiment réfléchi.

– Commissaire de police !

– Ah, bien. Ainsi tu pourras mettre en prison les criminels comme votre ancien maître.

Inspiré, je répliquai :

– Non, ce sera pour éviter de mettre en prison des innocents.

Ma réponse la sidéra. Du coup, elle n'insista pas. Et puis c'était l'heure de la dictée.

À la sortie de quatre heures et demie, je me précipitai de l'autre côté du village pour reprendre mon poste d'observation dans le champ de tournesols. Le père Pasquier était chez lui, il écossait des petits pois assis sur le perron de sa maison. Cela me contraria, car je ne pouvais pas me positionner aussi près que la veille pour l'espionner. Comprenant que cette planque devenait inutile, j'y mis bientôt fin. En rentrant chez moi, mains dans les poches, mon cartable sur le dos, je prenais conscience que d'épier ainsi le vieux grincheux ne m'avancerait à rien. Il fallait que je m'y prenne autrement... ou plus sagement que je renonce, car déjà le découragement pointait le bout de son nez. J'eus alors l'idée d'aller examiner les lieux présumés du crime, sur le chemin vicinal qui reliait Saint-Clémentel à la D8.

Comme les enquêteurs de la police, j'étais persuadé que c'était ce chemin que Dominique avait ou aurait dû emprunter pour nous rejoindre chez notre copain Martinaud, car il était le plus court et le moins fréquenté. À un endroit, il longeait sur trois cents mètres la rivière dont il était séparé par un antique muret de pierres, plus ou moins en ruine. En face, s'étendait un immense pré où paissaient des vaches.

Une fois sur place, je n'étais guère plus avancé. Je parcourus une première fois le chemin jusqu'à la D8, puis revins, décidé à abandonner ces recherches d'évidence inutiles. En donnant des coups de pied dans les cailloux, je me disais : « Comment un gamin de 11 ans, si futé soit-il, peut-il espérer obtenir un meilleur résultat qu'un commissaire de police expérimenté ? » C'était aussi prétentieux que pathétique. Longeant le muret sur lequel avaient poussé des touffes d'herbe et quelques lianes griffues de ronces, je me souvins que Dominique aimait bien y grimper et y marcher. Je l'avais souvent imité, avec plus de prudence cependant car je craignais de poser le pied sur un moellon instable et de tomber du mauvais côté. Le mauvais côté, c'était celui de la rivière. Le mur n'était pas très haut, un mètre cinquante tout au plus, mais il dominait un terrain en pente qui par endroit accusait une déclivité proche de l'à-pic. Chuter au mauvais endroit pouvait signifier se retrouver à l'hôpital avec de belles fractures. Or justement, c'étaient ces endroits dangereux qui amusaient le plus mon copain. Je l'avais même vu y danser tout en se moquant de moi parce que j'avais préféré redescendre sur le chemin. Il me vint alors une idée : le jour de sa mort, il était peut-être monté sur ce mur et... la suite du scénario m'apparut dans toute son horreur, mais aussi sa triste logique.

Prenant mon courage à deux mains, je me hissai au sommet du muret. En m'y redressant, bras écartés à la manière d'un funambule, j'éprouvai un petit pincement de vertige au creux du ventre, sensation que devait adorer mon copain mais que moi je détestais. De là, je disposais d'une vue plongeante, au sens littéral du terme, sur la pente qui menait à la rivière. Celle-ci m'était cachée par une végétation abondante composée essentiellement de jeunes bouleaux et de quelques acacias aux redoutables épines. Après une longue hésitation, je finis par m'enhardir à avancer. Ce parapet d'une trentaine de centimètres d'épaisseur avait été construit par les anciens qui avaient entassé sans mortier des moellons non taillés de calcaire poreux. Et cela tenait depuis deux siècles au moins ! Mes pieds hésitants sentaient les blocs de roche bouger sous les semelles de mes sandales. Il aurait suffi de prendre appui un peu trop en confiance sur l'un d'eux, moins bien calé que les autres, pour basculer dans le vide. J'avais le cœur battant à tout rompre et la raison qui me hurlait de descendre, mais l'intuition fut plus forte qui me commandait de poursuivre.

Après quelques dizaines de mètres de progression prudente, je m'arrêtai, intrigué par une brèche au sommet du muret, visiblement récente. Plusieurs gros moellons avaient dû s'en détacher et rouler sur la pente, particulièrement forte à cet endroit. Bien sûr, je savais que si Dominique avait chuté là, il ne pouvait en demeurer la moindre trace. Tout en bas de la déclivité, je distinguais entre les troncs le chemin de pêcheur qui longeait la rivière… « Le chemin de pêcheur ! » me répétai-je. Je fus tout à coup saisi du désir impérieux de descendre voir comment cela se présentait, vu d'en bas. Je connaissais assez bien le coin pour savoir comment rejoindre le bord de l'eau sans risquer ma vie. Après avoir mémorisé un point de repère, je sautai à bas du mur et courai vers l'accès à la rivière qu'empruntaient les pêcheurs du canton.

Le sentier serpentait le long de la rive boueuse, desservant quantité de postes où ils avaient coutume de s'installer. Avant de m'engager sous les arbres, j'avais traversé un vaste espace herbeux auquel on pouvait accéder en voiture. Tous ces indices me confortaient dans l'idée que le père Pasquier venait là de temps en temps pour pêcher, en 4 L, même si cet endroit n'était pas à plus de deux kilomètres de chez lui. Je retrouvai très vite le coin que j'avais repéré depuis le muret. Qu'y avait-il à remarquer ? Mon espoir fut d'abord d'y découvrir une pierre qui aurait pu servir à assommer mon copain. Mais je rejetai presque aussitôt cette idée, car si Dominique était tombé, sa mort était forcément un accident, pas un meurtre. À moins que… un autre scénario s'élabora dans ma tête : Dominique avait provoqué la chute d'une pierre du mur. Celle-ci avait roulé jusqu'à l'eau, dérangeant le père Pasquier qui pêchait là. J'imaginais sans peine celui-ci invectiver le maladroit, lequel, n'ayant pas sa langue dans sa poche, surtout de loin, y serait allé de ses répliques qui tuent. Altercation. Insultes. Jusque là c'était possible. Mais ensuite, il aurait fallu que le pêcheur en colère laisse ses cannes et son matériel sur place, trotte jusqu'à sa voiture, fonce comme dans un film d'action pour rattraper le garnement et finalement l'assassiner... Cela ne tenait pas debout et me plongeait dans la confusion.

Je me mis quand même à la recherche alentour d'un indice improbable. Tout en scrutant le sol, je poursuivais ma réflexion. J'en vins à penser que ce n'était peut-être pas une pierre qu'il fallait trouver, car les comptes rendus que j'avais lus dans la presse ne précisaient pas la nature de l'objet qui avait fracassé la tempe de Dominique. Le rapport d'autopsie, par contre, émettait l'hypothèse de l'utilisation d'un gourdin... J'entrepris de gravir la pente raide à la manière d'un chimpanzé et parvins à grand peine jusqu'au mur, une dizaine de mètres plus haut. Je me retournai et m'assis sur mes talons. C'est à cet instant précis que j'aperçus la preuve, la preuve irréfutable de l'innocence de Gabriel Orthis.

*Chapitre 12*

# JE N'AVAIS PAS DIT MON DERNIER MOT

Gabriel Orthis fut ramené dans sa cellule, s'attendant à être accueilli à coups de poings par ses codétenus. Ceux-ci avaient sans doute reçu un avertissement du directeur ou des gardiens, car ils ne touchèrent pas à l'instituteur. Ils lui promirent en revanche de lui faire sa fête le moment venu.

– T'auras droit à une triple ration, précisa le plus rustre, une pour le pédé, une pour le tueur de mioche et la troisième pour la balance.

Ainsi, le seul fait d'avoir évoqué avec son avocat ses conditions de détention, en promiscuité avec ce qu'il convient d'appeler des bêtes humaines, avait suffi à le faire passer pour un dénonciateur. Il se coucha la peur au ventre, et dans la certitude affreuse qu'il lui faudrait endurer pendant plusieurs décennies ce cauchemar dans un réduit de dix mètres carrés, avec deux brutes épaisses pour seule compagnie. L'idée même lui était insupportable.

Il s'assoupit mais fut bientôt réveillé par un mauvais rêve, si prégnant qu'il continua encore de longues minutes. Il revivait son audience devant le juge, mais elle ne se déroulait pas tout à fait dans les mêmes conditions. Entre le magistrat et lui, se dressait une vitre épaisse. Au travers, il le voyait parler, agiter les mains, échanger de doctes raisonnements avec Maître Mercier, tandis que lui-même tentait vainement de convaincre qu'il était innocent, tour à tour criant, suppliant ou frappant la vitre de ses poings. Son avocat lui-même ne l'entendait pas, car lui aussi était de l'autre côté de cette paroi d'incompréhension. Mr Orthis gardait les yeux ouverts, mais il conservait en lui l'image oppressante de cette cage de verre dans laquelle il hurlait et se débattait. Couché sur le côté, le visage tourné vers le mur crasseux, les images continuèrent de défiler dans sa tête. Il était au tribunal où il essayait de se défendre, mais aucun son ne sortait de sa bouche, tandis que les débats se déroulaient dans une indifférence générale à son égard. Il avait bien sûr conscience que ces visions n'étaient que l'expression de ses angoisses, mais il était convaincu que les choses se passeraient ainsi. C'est à cette seconde qu'il décida qu'il n'irait pas à son procès. Le verdict n'eut dès lors plus aucune importance et il retrouva un peu de sérénité.

De mon côté, je rentrai chez moi en courant comme un dératé. Je tenais fermement entre mes doigts la preuve de l'innocence de mon maître, cette fameuse preuve matérielle qu'aucun policier n'avait réussi à trouver. À peine la porte de la maison franchie, j'appelai ma mère à grands cris. Elle était dans le salon et discutait avec mon père qui revenait à peine de son travail (il était comptable dans une fabrique de tuiles.)

– Qu'est-ce qu'il y a, mon chéri ? s'inquiéta-t-elle.

J'entrai dans la pièce en exhibant ma trouvaille.

– Regardez, j'ai la preuve que Mr Orthis est innocent ! m'exclamai-je, triomphalement. Il faut le dire au commissaire ! Ça s'est pas passé comme on a dit ! Il n'a pas... il n'a pas tué Dominique, hoquetais-je à bout de souffle.

Bon sang, comme j'étais fier et heureux ! Mon père chaussa ses lunettes alors que ma mère prit un air de dégoût :

– D'où est-ce que tu sors ça ? me demanda-t-elle en considérant le lambeau de tissu gris vert que je tendais d'une main tremblante.

– Je l'ai trouvé accroché à une branche au bord de la rivière. C'est un morceau de la chemise de Dominique.

– Hein ? Fais-moi voir ça ! réclama mon père.

Il s'empara de ma preuve et l'examina sous toutes les coutures. Son verdict m'atterra.

– Mais non, c'est un vieux morceau de chiffon. Allons, mon fils, un peu de sérieux.

– Mais si, je vous dis ! m'insurgeai-je. Dominique marchait sur le mur du chemin des Cailleux, il est tombé et sa chemise s'est accrochée pendant qu'il dévalait le talus…

– Oh, arrête ! Arrête ! s'écria ma mère en levant les mains comme si j'avais proféré des grossièretés. Mais enfin, Rémy, est-ce que tu te crois malin de remuer une affaire pareille ? Tu te rends compte un peu du mal que tu pourrais faire à cette pauvre madame Maréchal, si elle entendait les idioties que tu racontes à propos de la mort de son petit ?

Et mon père d'y aller de sa propre leçon de morale, plus posément cependant :

– Voyons, Rémy, des preuves comme ça, il y en a plein les décharges publiques. Tu dis que tu l'as trouvée au bord de la rivière, derrière le mur du chemin des Cailleux, c'est bien ça ? (J'acquiesçai alors que les larmes me montaient aux yeux). Et tu n'as pas remarqué que c'est jonché de détritus à cet endroit ? Enfin, Rémy, il faut montrer un peu plus de jugeote ! Ta mère a raison, si les Maréchal apprenaient ça… Mais bon, heureusement tu nous en as

parlé. C'est oublié, tu peux aller jouer dans ta chambre.
– Donne-moi cette horreur, Raymond, je vais la jeter à la poubelle, exigea ma mère en arrachant des doigts de mon père ma preuve irréfutable.
– NOOON ! hurlai-je. Maman, rends-le moi !

Je voulus récupérer de force ma précieuse trouvaille et reçus une gifle cuisante dans la figure.
– Ça suffit, Rémy ! s'écria mon père. Moi aussi, je vais me fâcher !

Je m'enfuis en pleurs et ma mère en furie alla dans la cuisine jeter à la poubelle le lambeau de chemise de Dominique.

Après cette épreuve d'une rare violence dans notre foyer, je suis resté un bon moment assis sur mon lit, le visage dans les mains à essayer de réfléchir calmement. Était-il possible que je me sois trompé ? Que ce bout de tissu n'appartienne effectivement pas à Dominique ? Voilà que je doutais. Pourtant, j'avais encore en mémoire la couleur de cette chemise : elle était bien gris vert avec des fils plus sombres... C'était elle, ou alors j'étais victime de je ne sais quelle défaillance de l'esprit qui me faisait me souvenir clairement de détails qui n'avaient jamais existé. En tout cas, j'avais pris une décision, hautement dangereuse pour mon matricule si je me faisais surprendre : sortir de la poubelle ma preuve irréfutable.

Je réussis l'opération durant la soirée, pendant que mes parents écoutaient la radio dans le salon. L'objet récupéré puis caché dans ma réserve secrète de bonbons, je m'interrogeais sur ce que je devais faire ensuite. Il était évident qu'il me fallait en parler à quelqu'un, mais à qui ? Le commissariat et son commissaire étaient basés à Marcueil, soit à dix-sept kilomètres de Saint-Clémentel. Je pouvais essayer de téléphoner à Rochant, mais j'étais persuadé que jamais il ne me croirait si je ne lui montrais pas ma preuve. Un moment, je songeai à notre maîtresse, car finalement elle se révélait plutôt bienveillante sous ses airs un peu sévères. Mais je craignais qu'elle ne réagisse comme mes parents. Je suis resté désemparé quelques minutes, jusqu'à ce qu'une solution s'impose soudain à mon esprit : me rendre en personne à Marcueil. Quand ? Comment ? En deux secondes, j'avais formulé les réponses. Restait à prendre la décision d'ici le jeudi suivant. J'avais donc trois jours pour cela.

*Chapitre 13*

# PREMIÈRE VICTOIRE

Quand Maître Mercier vit entrer son client dans le parloir, il eut un haut-le-corps. Mr Orthis était méconnaissable : les joues creuses, le teint gris, les yeux cernés et enflammés d'insomnie. Pourtant, l'avocat n'avait nul besoin de lui demander ce qui n'allait pas, le directeur l'avait prévenu par téléphone une heure plus tôt des problèmes que lui posait ce détenu. Tout de même, il ne s'attendait pas à une telle dégradation, en si peu de temps !

– Pourquoi avez-vous cessé de vous alimenter ? attaqua-t-il d'entrée de jeu.

Il n'était pas seulement inquiet. Par conscience professionnelle, il se sentait responsable de ses clients, tant dans leur devenir judiciaire que de leur intégrité physique ou mentale.

– Bonjour, Maître, comment allez-vous ? s'enquit l'instituteur, une fois assis à la petite table carrée.

Sa voix calme et ferme contrastait étrangement avec son apparence d'homme au bout du rouleau. L'avocat comprit qu'il ne servirait à rien pour l'instant d'insister sur le sujet, d'autant qu'il venait avec de mauvaises nouvelles et ne tenait pas en retarder l'annonce.

– Mal, avoua-t-il avec une expression de colère dans les yeux. Notre demande de remise en liberté conditionnelle a été rejetée.

– Ça vous étonne ?

– Je n'ai pas dit mon dernier mot. Je vais contre-attaquer sur la fragilité du témoignage de Lucien Pasquier. Sa déposition contient des imprécisions que je pourrais exploiter facilement. Il faut me faire confiance, monsieur Orthis, nous allons l'obtenir, votre acquittement, je le sais, j'en suis sûr. Votre dossier est si mince qu'on pourrait voir le jour à travers.

– Monsieur le juge est de votre avis ?

– On s'en fiche, du juge ! Ce n'est pas lui qui vous condamnera lors du procès, mais les jurés. Eux, nous saurons les toucher au cœur et semer le trouble dans leur réflexion. Croyez-moi, je vais cuisiner le témoin de telle manière qu'il va en bredouiller. Il ne se rappellera même plus de son nom…

Il marqua une longue pause. Gabriel Orthis le fixait avec intensité, mais sans paraître attendre quoi que ce fût de lui. Il semblait à la fois présent et absent, attentif et détaché, et cela inquiéta encore davantage l'avocat.

– Je vais renouveler votre demande de mise en liberté, mais d'ici qu'elle soit acceptée, car elle le sera ou je ne suis plus digne de plaider, il faut me faire une promesse, monsieur Orthis. Mangez. Reprenez des forces pour vous défendre, pour faire entendre votre vérité...

– Ma vérité ? releva l'instituteur. Ce n'est pas ma vérité qu'il faut faire entendre, mais la vérité. Cela ne vous a encore pas atteint ?

– Mais si, bien sûr, se défendit l'avocat avec un haussement d'épaules. Ne jouons pas sur les mots. Vous savez que je vous crois innocent et que je saurai le faire admettre à la cour d'assise. Mais je le répète, j'ai besoin que vous soyez fort, physiquement et mentalement. Sans cela, la cause est perdue.

Il posa une main amicale sur celles que tenait croisées sur la table son client, et les trouva froides comme la mort.

Moi, par contre, j'étais remonté comme une horloge viking ! C'est-à-dire prêt à traverser les mers et à affronter toutes les tempêtes du globe pour porter au commissaire Rochant ma preuve irréfutable. Le jeudi après-midi suivant, je partis de chez moi en empruntant la bicyclette de ma mère, laquelle était informée que j'allais me balader avec mes copains et que je serais bien sûr revenu pour dîner, mais pas avant ! En vérité, je fonçais debout sur les pédales vers la départementale 971 qui menait à Marcueil. Malheureusement, ce que je n'avais pas prévu, c'était la pluie. Ainsi, ce qui devait n'être qu'une promenade de santé (dix-sept kilomètres en vélo, cela se faisait en une heure) devint une véritable épreuve du Tour de France. Car ce n'était pas une petite pluie printanière, mais un véritable déluge avec rafales de vent cinglantes. Je parvins malgré tout à destination, transi mais heureux de ne pas être tombé une seule fois.

Je suis entré dans le commissariat de police dégoulinant et claquant des dents.

– Eh bien, petit, qu'est-ce qui t'arrive ? me demanda l'agent de police d'astreinte à l'accueil.

– Le commissaire, s'il vous plaît. Est-ce que je pourrais le voir ? demandai-je, les poings plaqués contre ma poitrine.

– Le commissaire, ça ne sera pas possible. Il n'est pas là.

Mon cœur se serra.

– Il va revenir bientôt ?

– Je ne sais pas. Tout à l'heure ou demain, il ne m'a pas dit. Mais qu'est-ce que tu lui veux, au commissaire ?

– C'est pour l'affaire de Saint-Clémentel, j'ai trouvé quelque chose qui prouve que monsieur Orthis est innocent.
– Ah oui ?

Je confirmai de la tête.
– Et c'est quoi, cette chose ?

L'homme avait un air sympathique, mais sa manière de se lisser la moustache tout en me posant ses questions me donnait l'impression qu'il se fichait de ma figure.
– Et vous croyez que ce serait possible de l'appeler, le commissaire ? demandai-je.
– Ah, non, je ne crois pas. Tu viens d'où comme ça, jeune homme ?
– De Saint-Clémentel.
– Fichtre ! Par ce temps, c'est pas bien raisonnable ! Tes parents sont au courant ?

Aïe ! Je le voyais déjà les appeler et finir ma journée au lit sans manger. L'horreur absolue.
– Oui, bien sûr, mentis-je.

Il ne parut pas convaincu et tenta une ruse.
– Tu t'appelles comment ?
– Mathias ! Mathias Boutté. Mon papa, c'est le garagiste de Saint-Clémentel.

Pourquoi avais-je répondu ça ? Mystère. Toujours est-il que, discrètement (sournoisement, devrais-je dire), après m'avoir enjoint de m'asseoir et annoncé qu'il allait chercher une serviette pour que je me sèche la tête, il alla dans un bureau derrière appeler le garagiste. Il revint peu après, sans serviette et furieux. J'eus droit à des remontrances telles que je finis par éclater en sanglots. Le policier se calma d'un coup. Ronchonnant, il me tendit enfin la serviette promise, puis vint s'asseoir à côté de moi sur la banquette adossée au mur.

– Bon, écoute-moi, je pourrais peut-être t'aider si tu me dis vraiment, sans me raconter des salades, ce que tu es venu faire ici. Entendu ?

J'acquiesçai. Ensuite, en reniflant tous les trois mots, je lui expliquais comment j'en étais arrivé à trouver le lambeau de chemise de Dominique. C'est en le découvrant de ses propres yeux et surtout je crois en le prenant entre ses doigts, qu'il comprit que mon affaire était plus sérieuse qu'il n'y paraissait. Il se leva brusquement, me rendit ma preuve et annonça laconiquement :

– J'appelle le commissaire.

J'avais remporté une sacrée bataille. La suivante était de réussir à convaincre l'officier de police que Mr Orthis était innocent.

*Chapitre 14*

# TÉMOIN SUR GRILL

La promptitude du chef de la police à revenir au commissariat fut le signe pour moi qu'il ne prenait pas à la légère cette visite surprise d'un gamin de Saint-Clémentel. Très certainement d'ailleurs n'attendait-il que cela pour reprendre son enquête, car depuis les aveux de l'instituteur, un arrière-goût amer d'inachevé lui était resté en travers de la conscience. Il surgit dans le hall d'accueil comme un homme pressé, secoua son imperméable ruisselant, battit son chapeau contre sa jambe et m'adressa un simple regard. Je vis qu'il me reconnaissait.

– Suis moi, me dit-il.

Une fois dans son bureau, il me demanda si je voulais boire un chocolat chaud. Je répondis que non. Puis il se mit à fouiller dans ses tiroirs.

– Non, bon, je pensais en avoir... (Il me regarda et sourit.) Je voulais t'offrir un bonbon, mais je les ai tous mangés.

Cette délicate attention me détendit tout à fait.

– Alors, reprit-il, mon collègue me disait que tu aurais trouvé un indice important concernant le meurtre de Dominique Maréchal.

– Oui, monsieur… ça !

Je lui tendis le lambeau de chemise. Il le fixa quelques secondes avant de s'en emparer avec précaution.

– Et ça, c'est quoi ? me demanda-t-il.

– Un morceau de la chemise de mon copain. Je l'ai trouvé accroché à un arbre derrière le mur du chemin des Cailleux.

– Ah oui ? Mais qu'est-ce qui te fait croire que cela vient du vêtement de ton camarade ?

Je ne savais pas comment lui expliquer. J'en étais sûr, c'était tout. Je haussai les épaules en guise de réponse.

– Admettons, dit-il. Comment l'as-tu trouvé ?

Avec beaucoup de sérieux, je lui fis le récit de ma propre enquête, l'agrémentant d'encore plus de détails que dans ma version précédente, pour le policier moustachu. Quand j'en eus fini avec les faits, je me lançai dans les hypothèses :

– Je suis sûr que c'est le père… je veux dire monsieur Pasquier qui a tué mon copain…

– Holà, mon grand, pas si vite ! m'interrompit le commissaire. Qu'on se pose des questions, c'est normal. Qu'on en tire des conclusions, c'est autre chose.

– Pourtant, c'est bien ce que vous avez fait avec mon maître.

Il accusa le coup. Cette réplique m'était sortie spontanément, sans volonté d'incriminer. Il baissa le regard, parut réfléchir tout en triturant le morceau de tissu gris vert.

– J'aimerais bien interroger à nouveau ce monsieur Pasquier, murmura-t-il.

Je ne pus m'empêcher d'esquisser un geste d'applaudissement.

– Tu es venu en vélo, je crois ?

– Oui, monsieur.

– Il pleut encore à seaux, je vais demander à un collègue de te ramener en voiture. Merci, Rémy. Tu es un sacré gamin, tu sais. Ton papa peut être fier de toi.

J'étais aux anges et en même temps je pensais que mon père, quand il apprendrait mon exploit, me retournerait certainement une paire de gifles en guise de félicitations. Du coup, je n'étais pas du tout pressé de rentrer chez moi.

– Monsieur, est-ce que je peux rester un peu ?

– Tu sais, un commissariat, on peut trouver plus rigolo comme endroit.

– Non, je veux dire, est-ce que je peux assister à l'interrogatoire de monsieur Pasquier ?

– Dis donc, tu ne manques pas de toupet, toi, hein ? répliqua-t-il avec un sourire. Quand tu auras du poil au menton et que tu seras dans la police, on en reparlera. En attendant, tout ce que je peux t'accorder, c'est de te garder un moment... disons, le temps de savoir ce que ce monsieur Pasquier va nous dire.

Le policier avait la possibilité de se rendre chez le témoin, mais il trouva plus judicieux de le convoquer et même de le faire amener en fourgon, gyrophare allumé et sirène hurlante. Ainsi, le témoin serait-il préparé psychologiquement à dire la vérité, toute la vérité, rien que la vérité... Ce n'était pas gagné, car le personnage était du genre tête de bois.

L'homme ne fit pas de difficulté pour suivre les agents en uniforme, bien que ceux-ci ne disposassent pas d'un mandat d'amener. Quand on annonça son entrée dans le commissariat, on me fit disparaître dans un bureau où j'allais demeurer seul plus d'une heure. Mais je m'en fichais, car je savais que j'étais en train de vivre un moment historique.

Le père Pasquier se retrouva donc, pour la seconde fois de sa vie, dans le bureau du commissaire Rochant.

– Qu'est-ce qui se passe, Monsieur le commissaire ? s'inquiéta-t-il.

– J'ai quelques précisions à vous demander, répondit l'officier de police en se donnant un air sombre de vive préoccupation.

– Tout ce que vous voulez. Y'a pas de problème.

Pasquier n'était pas à l'aise, beaucoup moins que lors de son précédent interrogatoire, mais les conditions de sa convocation y étaient sans doute pour beaucoup.

– Je voudrais revenir avec vous sur le samedi 15 mai après-midi, commença le commissaire.

– Le jour du crime de ce salaud d'Orthis.

– Le jour du crime, oui. Vous étiez à la pêche, n'est-ce pas ?

– Oui, c'est ça.

– Où ?

– Au bord de l'eau, pardi ! (Rochant le dévisagea avec sévérité.) De la Garche.

– Où précisément, monsieur Pasquier ?

– Ben… Je ne me souviens plus. Du côté du moulin, je crois.

Le commissaire fronça les sourcils.

– Ah ? C'est curieux. Le moulin dont vous parlez se trouve au sud du village, n'est-ce pas ? Votre maison est à l'ouest et le bois où on a trouvé le corps de Dominique plutôt au nord-ouest. Je n'ai pas de plan sous le yeux, mais je peux vous dire que ça ne colle pas avec votre témoignage.

– Oui, vous avez raison. C'est possible que j'étais vers la ferme de Randenet.

– Est-ce que ce ne serait pas plutôt quelque part le long du chemin des Cailleux ?

Le père Pasquier blêmit.
– Pourquoi le chemin des Cailleux ? demanda-t-il.
– Admettons que ce soit là. Est-ce que votre partie de pêche s'est déroulée sans incident ?

Le témoin déglutit d'embarras.
– Oui. Pourquoi ? Y'a quelqu'un qui m'aurait vu ?
– Ce serait possible ?
– Oui... enfin, non puisque je n'y étais pas.

Le commissaire laissa planer un long silence. Il n'avait aucune raison de mettre en doute la parole de cet homme, ni rien de tangible pour le contredire. Par contre, il savait comment le déstabiliser encore un peu plus.
– C'est très embêtant, monsieur Pasquier, ce que vous me dites là. Parce que je dispose d'un élément nouveau, voyez-vous. Un témoin s'est manifesté qui m'amène à penser que vous étiez bel et bien, à quinze heures, en train de taquiner le goujon à hauteur du chemin de Cailleux. Je pourrais même vous indiquer l'endroit précis.
– Mais non, Monsieur le commissaire, je vous jure !
– Ne jurez pas, ça porte malheur ! Je vais vous raconter une histoire et vous allez me dire si ça vous rappelle quelque chose. Ensuite, nous rédigerons un procès verbal. J'attire votre attention, monsieur Pasquier, sur le fait que dès lors que vous l'aurez signé, vous en serez juridiquement responsable.

Transpirant et le souffle court, le témoin écouta ensuite le commissaire lui décrire avec minutie le scénario d'un accident, où un enfant de onze ans un peu trop casse-cou, perdit bêtement la vie.

– Il a dévalé la pente et vous étiez là, en train de pêcher, conclut le commissaire. Maintenant, c'est vous qui allez me raconter la suite. Et s'il vous plaît, sans me jouer la comédie de l'amnésique.

Le père Pasquier commença par gémir, se passant une main nerveuse sur le crâne, se demandant ce qu'il avait fait au bon Dieu pour qu'il lui arrive un « truc pareil ». Le commissaire ne jugea plus utile de le bousculer. Il fit venir un de ses collègues, afin qu'il puisse enregistrer sa déclaration revue et corrigée.

– Voilà, je vais tout vous dire, Monsieur le commissaire. Mais je vous jure que je ne suis pas un assassin, je vous le jure sur la tête de mon chien !

Il marqua une courte pause avant de « passer à table », le regard baissé sur sa lâcheté.

– Ben oui, c'est vrai que j'étais du côté du chemin des Cailleux, ce samedi-là. J'étais tout seul, ce qui était un coup de chance parce que c'est un bon coin. Et puis c'est là que j'ai entendu quelque chose, pas loin. C'était des bruits de branchages qu'on remue et puis des cris. En fait, c'était un gamin qui se cassait la figure, exactement comme vous avez dit. Des pierres ont roulé jusque dans la flotte. Je me suis approché et là, j'ai vu un des gosses Maréchal. Il devait faire le zouave sur le mur du chemin, et puis ce qui devait arriver... Voilà qu'il était par terre et ne bougeait plus. Sa tête avait dû taper contre un arbre, parce qu'il avait une marque, là, sur la tempe. Moi, je ne savais plus quoi faire. Je suis pas secouriste. Alors, je me suis un peu affolé. J'ai pris le gamin dans mes bras et je suis revenu dare-dare à ma voiture. Je l'ai allongé sur la banquette arrière. Ensuite, je suis retourné chercher mes affaires de pêche, parce que je voulais pas qu'on me les pique. C'est normal, hein ? (Le policier restait de marbre) Donc, me voilà revenu à la 4 L. J'ai voulu voir si le gosse était sorti du coma, mais le pauvre, il était comme mort. J'ai essayé de voir si son cœur battait encore, et il m'a semblé que non. Ah, bon Dieu le choc que ça m'a fait ! Je vous jure, Monsieur le commissaire, si j'avais vu qu'il était encore vivant, je l'aurais emmené à l'hôpital. Vous me croyez, hein ?

Le type essayait de se donner une figure la plus pitoyable possible, mais il en fallait plus pour abuser le commissaire.

– Continuez, ordonna froidement celui-ci.

– J'ai mis le moteur en route et c'est là que j'ai pris peur. Le gosse avait la chemise tout arrachée, une marque à la tempe comme si on l'avait cogné. Je me suis dit que si c'était moi qui l'emmenais à l'hôpital, on m'interrogerait forcément pour savoir ce qui s'était passé. Alors de là à dire que c'était moi qui l'avais battu, c'était couru. Parce que tout le monde sait bien au pays que les gosses ne m'aiment pas beaucoup, que des fois même on se chamaille, même si c'est jamais bien méchant. Ça fait qu'au lieu de ramener le petit cadavre à ses parents, j'ai pensé qu'il valait mieux le cacher quelque part, n'importe où pourvu qu'on ne pense pas que c'était moi qui l'avais transporté là. (Il hocha la tête.) Si j'avais su... Si j'avais su, Monsieur le commissaire, je vous jure que j'aurais pas agi comme ça. Mais je savais pas qu'il était encore vivant, je suis pas docteur ! Ah, bon Dieu, que je sois damné si je mens !

– Vous n'avez pas tout à fait terminé, monsieur Pasquier.

– Oui, je sais... l'instituteur. Boh, je me suis dit qu'un gars instruit comme lui, il saurait bien s'en tirer. Et puis, ça s'est emballé... J'ai failli dix fois revenir vous voir, et puis... voilà, quoi. Y'a pas mort d'homme.

– Vous trouvez ?

– Eh, ça va ! Je l'ai pas tué, Orthis !

– D'une certaine manière, si.

Le père Pasquier eut un haussement d'épaules. Le commissaire n'insista pas sur ce point, car il savait qu'il avait sa part de responsabilité dans cette affaire lamentable. Il n'était pas près de se le pardonner.

*Chapitre 15*

# UNE NUIT DE REPOS ÉTERNEL

Après avoir appelé le juge, le commissaire Rochant eut la satisfaction de placer en garde à vue ce pêcheur qui « n'y voyait pas mort d'homme » (l'expression figurait dans la déposition et serait reprise dans les journaux du lendemain). La mise en détention avait des chances de suivre, car Pasquier devrait répondre, en plus de son faux témoignage, de non-assistance à personne en danger, voire d'homicide involontaire.

Le policier vint m'annoncer le résultat de son audition avec un sourire jusqu'aux oreilles. Après avoir dansé de joie, je lui demandai :

– Monsieur Orthis va pouvoir être libéré maintenant, hein ?

– Bien sûr, d'ici quelques heures, demain matin au plus tard. Il suffit juste que j'obtienne un ordre de mise en liberté et qu'on le transmette à la prison. Et puis il faut bien qu'on ait le temps de prévenir ceux qui pourraient attendre ton maître à sa sortie.

– Moi, j'y serai ! m'exclamai-je.

– Moi aussi.

Je me rassis, abasourdi, étourdi de bonheur.

Les procédures administratives demandaient du temps, alors qu'il eût été si simple de se rendre à la prison et d'ouvrir la porte de la liberté à l'innocent qu'elle retenait. Le directeur fut averti par téléphone le soir-même, vers dix-neuf heures, que Mr Orthis était innocenté et devrait sortir dès que possible. Il songea à aller annoncer lui-même la bonne nouvelle à l'intéressé, mais il fut appelé pour une urgence et cela lui sortit de la tête. Quand il s'en rappela brusquement, il était chez lui, en robe de chambre et ne jugea pas l'affaire importante au point de se rhabiller. De toute façon, la levée d'écrou ne pourrait pas avoir lieu avant le lendemain matin, et à condition que les formalités administratives soient correctes.

Pour Mr Orthis, cette nuit aurait un caractère particulier. Ce serait une nuit sans fin, une nuit de repos éternel. Il attendit vingt-trois heures que ses codétenus se soient couchés, puis endormis, avant de se relever. Celui qui occupait le lit du dessous grommela brièvement. Avec des gestes lents et maîtrisés, Gabriel Orthis tira de sa couverture un serpentin blanc. C'était son drap qu'il avait découpé en trois longues bandelettes, noué, puis torsadé l'après-midi durant en un solide cordage, sous le regard indifférent de ses compagnons de cellule. Il plaça une chaise contre le mur du fond, en aplomb de la lucarne qui à deux mètres de hauteur ne laissait voir, à travers un carreau crasseux, qu'un rectangle de ciel. Ce soir-là, la nuit claire diffusait un peu de lumière blafarde dans la geôle. Sa grande taille permit à l'instituteur d'attacher sa corde de drap à l'un des barreaux de la fenêtre. L'autre extrémité formait un nœud coulant dans lequel il passa la tête.

Les deux autres détenus, réveillés par cette activité nocturne, se redressèrent sur un coude. Ils échangèrent un regard. La grande brute eut un geste négligent de la main pour signifier que, pour sa part, il se fichait comme d'une guigne de ce que préparait le pédé. Il se retourna vers le mur et remonta sa couverture sur lui. Le quinquagénaire ne bougea pas. La clarté lunaire faisait luire ses prunelles. Mr Orthis, debout sur la chaise, la corde au cou, fixa ces yeux de bête qui l'observaient, parfaitement immobiles, curieux de la suite. Il eut envie de parler, juste dire adieu, mais cela lui parut dérisoire et aussi stupide que de dire au revoir à un chien.

Il donna un coup de rein, la chaise bascula et la corde se tendit brutalement.

*Chapitre 16*

# ÉPILOGUE

À 9 heures précises, mes parents et moi arrivions devant le grand portail vert de la maison d'arrêt. Le commissaire Rochant nous avait prévenus tard dans la soirée que Gabriel Orthis ne pourrait pas être libéré plus tôt, pour des raisons administratives que je trouvais parfaitement injustes et absurdes. Je m'étais préparé à une rude épreuve de force car c'était jour d'école. Mais à mon grand étonnement, ni ma mère ni mon père n'avaient fait de difficultés pour me conduire là. Le second avait convenu qu'en de telles circonstances, il serait cruel de m'empêcher d'accueillir à sa libération l'homme dont j'avais « sauvé la tête ». C'est donc fier comme Artaban et endimanché comme un communiant que je me trouvais devant cette prison, ce matin-là. Une inquiétude tout de même m'étreignait, car le chef de la police n'était pas là et je trouvais que nous étions

bien peu pour attendre Mr Orthis. Je savais que la mère de celui-ci aurait dû être présente, malgré une santé précaire, ainsi que quelques amis toulousains. Je fis part de mon inquiétude à mon père qui, comme à son habitude, minimisa stupidement :
– C'est normal. Ils viendront plus tard. Ne t'inquiète pas.
– Le petit a raison, intervint ma mère. Il devrait y avoir beaucoup plus de monde.

Après discussion, il fut décidé d'aller sonner à la porte. Bientôt, un gardien en uniforme ouvrit le portillon d'accès.
– Bonjour, monsieur, nous nous posons une question, commença maladroitement mon père.
– Vous venez pour Gabriel Orthis, je présume, l'interrompit le fonctionnaire.
– Oui, précisément.
– Parce qu'il s'est pendu dans sa cellule, hier soir…

Un coup de poignard dans le cœur ne m'aurait pas fait plus mal. Je restai bouche bée, souffle coupé.
– Il est mort ? demanda ma mère.
– Ça, je ne peux pas vous dire, madame. Je viens de prendre mon service. Je sais seulement qu'il a été hospitalisé dans un état grave. Je ne peux pas vous en dire plus, désolé.

Nous nous sommes aussitôt précipités vers la voiture pour filer à l'hôpital. J'étais à ce point choqué que je n'arrivais plus à parler, à peine à respirer. Quant à pleurer, ça viendrait plus tard. Et mon père qui répétait : « C'est malin. Quel idiot ! Faut-il être lâche pour faire des trucs pareils ! » Ma mère s'en mêla et ils se disputèrent, ajoutant leurs vociférations à ma douleur.

C'est en pénétrant dans le hall de l'hôpital que mes premières larmes commencèrent à couler. Dans le couloir du service de Traumatologie, nous avons retrouvé le petit groupe qui normalement aurait dû être devant la prison.

Le commissaire s'avança vers nous en s'excusant :

– J'ai essayé de vous appeler tout à l'heure, mais vous étiez déjà partis.

– Il va mourir ? demandai-je, le menton frémissant de chagrin.

Le commissaire me regarda et son sourire suffit à me soulager.

– Il devrait s'en sortir, me rassura-t-il. Mais il l'a échappé belle. Vers vingt-trois heures, il a tenté de se suicider. C'est l'un de ses codétenus qui l'a secouru, de justesse parce qu'il est resté pendu un bon moment. D'après les médecins, ça s'est joué à quelques secondes.

Je n'ai pas pu voir mon maître ce jour-là, il me fallut patienter jusqu'au samedi suivant. Il m'a alors remercié, sobrement mais avec une émotion si profonde qu'en y repensant, quarante ans plus tard, j'en ai encore des frissons. Il était innocenté, lavé de l'opprobre, sorti de l'épreuve... Il n'en éprouvait pourtant aucune joie. Dans ses yeux, je lus que quelque chose s'était cassé en lui. Je ne me trompais pas ; j'appris longtemps plus tard qu'il avait eu à endurer les affres d'une profonde dépression.

Au village, la plupart des gens firent comme s'ils avaient toujours cru en l'innocence de l'instituteur. Aucun d'entre eux n'aurait avoué qu'il était parmi ceux qui criaient « À mort, le monstre ! » Eux aussi en sortirent blancs comme neige, et avec un tel naturel qu'on aurait pu les croire de bonne foi. Les Boutté, très logiquement, gardaient des soupçons, inventaient de nouvelles suspicions qu'ils n'exprimaient que sous cape, avec des gens de leur espèce. Quant au faux témoin, il écopa d'une dizaine d'années de prison, mais n'en fit que trois. Quand on lui demandait s'il avait des remords, ou au moins s'il se sentait responsable de la mort de Dominique, il ne trouvait rien de mieux à répondre que : « Et vous auriez fait quoi à ma place, hein ? » Puis il haussait les épaules et se murait dans un silence buté.

Les dix années qui suivirent, je n'eus que peu de contacts avec Gabriel Orthis. Il avait quitté la région et l'Education Nationale, pour reprendre des études et devenir spécialiste de littérature classique, professeur et écrivain. Nous nous sommes retrouvés alors que j'entamais mes études supérieures… de droit… à Toulouse. Et nous sommes devenus amis, et même beaucoup plus que cela puisque j'ai fini par le considérer comme mon second père, mon père de cœur. Il était le parrain de mes enfants, l'oncle de ma famille.

Il y a trois semaines, un infarctus l'a conduit à l'hôpital. Et puis tout à l'heure, une infirmière m'a appelé pour me dire qu'il allait très mal et me réclamait. J'étais en train d'interroger un homme dans mon bureau, pour une banale affaire de stupéfiants. J'ai tout laissé tomber pour me précipiter à son chevet.

Je l'ai trouvé effectivement au seuil de la mort. Il ne pouvait déjà plus parler. Alors nous nous sommes regardés. Il tenait ma main entre les siennes. Puis il a dit quelque chose, dans un souffle. Je crois que c'est : « Merci, Rémy ». Son étreinte s'est légèrement raffermie. Enfin, il a fermé les yeux et s'en est allé.

Gabriel Orthis était un ange. L'amour et l'innocence tombés du ciel.

Publié par les éditions Oskarson (Oskar Jeunesse)
21, avenue de La Motte-Picquet – 75007 Paris
Tél. : +33 (0)1 47 05 58 92 / Fax : (0)1 44 18 06 41
E-mail : oskar@oskareditions.com
Site Internet : www.oskareditions.com
Texte : Arthur Ténor
Illustration : Karen Laborie

Conception graphique, direction artistique : Raphaël Hadid
Maquette : Caroline Rimbault
Coordination éditoriale : Angélique Groslier


ISBN : 978-2-3500-0143-2
Dépôt légal : Mars 2007
Imprimé en Espagne
Loi du n° 49-959 du 16 juillet 1949 sur les publications destinées à la jeunesse.